KB044889

문학과지성 시인선 250

천일馬화

유하 시집

문학과지성사에서 펴낸 유하의 시집

바람부는 날이면 압구정동에 가야 한다(1991; 개정판 1994)
세운상가 키드의 사랑(1995)
무림일기(2012, 문학과지성 시인선 R)

문학과지성 시인선 250
천일馬화

초판 1쇄 발행 2000년 11월 17일
초판 4쇄 발행 2015년 9월 22일

지 은 이 유하
펴 낸 이 주일우
펴 낸 곳 ㈜문학과지성사

등록번호 제1993-000098호
주 소 121-894 서울 마포구 잔다리로7길 18(서교동 377-20)
전 화 02)338-7224
팩 스 02)323-4180(편집) 02)338-7221(영업)
전자우편 moonji@moonji.com
홈페이지 www.moonji.com

ISBN 89-320-1207-5

문학과지성 시인선 250

천일馬화

유하

2000

시인의 말

무림, 압구정동, 세운상가, 경마장…… 욕망이 긴 세월 나를 꽤나 여러 곳으로 끌고 다녔던 것 같다. 얻은 건 없다. 내 손에 적중되지 않은 마권처럼 쥐어져 있는 시 몇 편 외엔. 어느 갬블러의 말이 떠오른다. 베팅하는 자의 돈은, 결국은 경마장의 것이다. 삶도 별반 다르지 않을 터이다. 손가락 사이로 모래가 빠져나가듯, 서서히 뭔가를 잃어가는 과정을 우리는 여전히 희망이라 노래부른다. 부디, 욕망이 나를 후회 없이 올인시켜주길 바랄 뿐이다.

2000년 11월
유하

천일馬화

차례

제2부 자전거의 노래를 들어라

제1부 천일馬화

폭포

그대는 무진장한 물의 몸이면서
저렇듯 그대에 대한 목마름으로 몸부림을 치듯
나도 나를 끝없이 목말라한다
그리하여 우리는
한시도 벼랑 끝에 서지 않은 적이 없었다

나비와 몽상가*

몽상가란 그리 거창한 말이 아니다
Day dreamer, 즉 낮꿈을 꾸는 사람이다

왕나비科의 모나코 나비들은 겨울잠을 자기 위해
수천 마일 머나먼 여행길에 오른다
비와 안개의 내습을 받으며
나비는 단지 꿈을 꾸려고
목숨을 건 기나긴 비행을 떠나는 것이다
상상해보라, 드넓은 포인트 필리 호수 위를
눈보라로 뒤덮으며 날아가는 나비떼의 장관을

나비들의 주유소인 들꽃과
날개의 어머니인 바람

몽상가들은 낮꿈을 꾸기 위해
밤의 수만 리를 쉬지 않고 날아간다
몽상가의 유일한 꿈은
호접의 나래를 타고, 이 사막의 세상에
낮꿈의 꽃가루를 매개하는 일
설령 그게 안개에 휩쓸려 낙엽으로 떨어진

물 위의 나비떼 주검처럼 헛된 망상일지라도,
죽음의 포인트 필리 호수여
그러나 어쩌랴, 잠과 꿈의 신이
이미 오래 전 그들에게 내린 神託인 것을

* 나비의 학명 중 하나인 모르페우스morpheus는 로마 신화에 나오는 꿈의 신, 혹은 잠의 신의 이름이다.

천일馬화* — 명마 捕鯨船

마사 박물관에 가면 당신은
한때 뚝섬을 주름잡았던 명마의 박제를 만날 수 있다
경주마 이름은 포경선
생전에 그에겐 많은 돈이 걸렸다
물론 사람들이 원하는 건 바람 같은 질주가 아니었다
그는 시간이라는 조롱 속에 갇혀
끝없이 황금 고래에 대한 이야기를 해야만 했다
그는 알고 있었다
오직 죽음만이, 이 저주 받은 이야기꾼의 운명을
정지시켜줄 수 있다는 것을,
죽음은 그의 바람대로
그를, 말의 육신을 멈추게 해주었다
이윽고 그의 몸은 방부제로 가득 채워졌다
그리하여 황금 고래에 관한 이야기는
영원히 썩지 않는 박제가 되었다

* 스포츠서울에 연재되었던 배금택의 만화 제목.

천일馬화—걸리버 여행기

이러한 일에 반드시 따르게 되는 현상은, 많은 사람들이 구걸, 강도, 사기, 중매, 거짓 맹세, 아첨, 위증, 위조, 도박, 거짓말, 아양, 허세, 투표, 잡문, 몽상, 독살, 매음, 위선, 인신 공격, 자유 사상 등의 직업을 가지고 생계를 유지하는 것이다. 나는 이러한 용어를 그에게 이해시키기 위하여 무척이나 고생을 하였다.*

마헤라자드가 말했다. 원수진 놈 있거들랑 경마장에
데리고 가라고
정권 교체가 '코' 차이로 이루어지던 날
마헤라자드가 말했다, 이 땅의 정치는 不振馬 게임,
便馬들의 운동회라고
똥말들의 특징: 각질이 불규칙하다. 지 꼴릴 때 들어
온다. 자주 斜行한다. 달릴 수 있는 한 절대 은퇴하지 않
는다.

사람들이 조금씩 뻔뻔스러워지면서
게임의 규칙은 무너졌다
뻘밭이 펼쳐지고
개처럼 싸운다

지금 여기서
내가 할 일은 깽판을 치는 일**

깽판과 '나쁜' 영화가 미덕인 세상이다
그러나 다시, 그 깽판의 깽판과
그 나쁨의 나쁨에 대해 깊이 생각해보자
붉은 악마라는 한심한 건전성에 대해 다시 생각해보자
의식의 스너프 필름이여, 세운상가는 네 마음속에 있노라
허나희에서 진도희까지; 포르노의 여주인공들은 항상 줄 자세가 돼 있다. 어디에도
유혹의 불온성은 없다, 그러므로 그녀들은 영원히 계관 포르노 배우의 영광을 누리리라
소위 나쁜 영화와 採陰補陽術의 욕망 사이엔 핫라인이 개설돼 있는 거 같아
영계 콤플렉스 혹은 채음보양술의 후예들, 빨간 마후라를 찍는 놈들은 따로 있다
자지가 큰 30대 외로운 남성, 데이트 상대 급구; 차라리 '행복전화방' 5번 룸에 앉아 애타게
전화를 기다리고 있는 그 남자가 순수한 건지도 모른다

이회창에게 천만 표 가까이 몰아주는 大韓國人은? 나는 20년째 조선일보를 정기 구독하고 있다

마감 3분 전입니다. 경마의 묘미는 우승마를 적중시키는데 있습니다. 이번엔 꼭 딸 수 있겠지, 하는 생각으로 고액의 마권 구입을 하는 것은 상상 밖의 불행한 결과를 초래할 수도 있습니다.

선바위에 사는 K모 주부는 경마장을 폭파시켜버리고 싶다고 했다.

하루아침에 주사파는 서태지를 따라부르는 래퍼가 되고, NLPDR은 방송국 PD가 된다

난 민중도 싫고 대중도 싫다. 은유가 억압받던 시절은 지났다.

그러므로 은유는 힘을 잃었다. 나는 톡 까놓고 말하고 싶은 충동을 느낀다

조국은 없다. 내 방이 나의 국가일 뿐이다

세상이 나보고 선보라 한다. 친구여, 내 인생의 과정을 경마 중계식으로 보도하지 말라

나의 삶은 모라토리엄 상태에 빠졌다. 어느 날 난 내 기억 속의 여자들로부터 정리 해고당할 것이다.

청춘의 한 시절 거대한 꿈을 베팅했었다. 이젠 본전

생각이 난다. 갬블러란 고독한 것이다

경마 예상가 중엔 예상을 팔아 경마를 하는 자들이 있다

나는 거세된 똥말이다, 마방의 밥만 축내며 순위의 바닥을 쓸고 있다. 난 질주하고 싶은 게 아니라 산책하고 싶은 것이다. 거세마의 표시는 ↑이다, 하늘만 보란 뜻인가? 시가 나를 乾達로 만들었다.

천마의 날개를 타고 하늘의 향기를 마시리라

거세된 희망이여, 이 땅은 암흑이다. 말들이 다스리는 휴이넘의 나라에 가고 싶다

야후(인간) 같은 놈이 가장 심한 욕설인 그 나라로

그의 꿈은 천 배당에 천만 원을 박는 것이다. 어차피 정당한 노력으로 얻어지는 대가는 없다

법률가는 법률로, 정치가는 정치한 이빨로, 선생은 지식으로 사기를 친다

90년대가 세기말일까 지구가 세기말일까

포경선은 박제가 돼서도 달린다, 끝없이. 그래, 욕망이란 썩지 않는 방부제 같은 것이다.

말은 황금 고래를 낳고 황금 고래는 말의 질주를 낳는다. 이곳은 거대한 경마장, 말은 달린다

말은 멈추지 않는다. 아니 말은 멈출 수 없다
당신의 도박, 거짓말, 아양, 허세, 투표, 잡문, 몽상, 매음, 위선, 인신 공격, 자유 사상, 그리고
당신의 천 배당 꿈을 위하여. 당신의 무너진 게임의 규칙을 위하여
그리하여 말의 어머니여, 난 결국 은유를 포기하지 못할 거예요.
저 질주하는 말떼들의 더러운 매혹을 끝내 붙잡진 못하리라
마헤라자드가 말했다. 그래요, 욕망의 도마뱀 꼬리니까요

* 조나단 스위프트, 신현철 옮김, 『걸리버 여행기』: 제4부에서 걸리버는 휴이넘이라는 이름의 말들이 다스리는 나라에 간다. 여기에서 말들은 가장 이성적인 존재로, 그들의 지배하에 있는 야후들은—휴이넘들은 인간을 야후라 부른다—가장 야만스러운 동물로 묘사되고 있다.

** 이윤택, 『춤꾼 이야기』 중에서.

노을

빛은, 스러져가면서
자기의 가장 아름다운 핵심을 깨닫는다
우리가 이렇듯 욕망으로 붉게 물드는 건
그 깨달음을 사랑하기 때문이다
구름의 몸이여
어둠 앞에 선 幻의 에너지여
가자, 헛됨의 끝까지

見者의 꿈

장미를 노래하고 싶었으나
그러지 못했다 오랜 세월, 어느 시인의 말씀에
붙잡혀왔던 까닭에.
진정한 시인은, 장미보다는
장미 너머의 그 무엇을 노래할 수 있어야 한다던
그녀는 이미 이승을 떠났지만 나는
아직도 장미의 붉은 매혹 너머의 그 무엇을
알지 못한다 견자의 꿈이여
내 너를 너무나 사랑하여
아직 장미의 꽃 그늘을 떠나지 못하고 있구나
장미를 찾아든 벌레의 비밀한 사랑처럼
네가 나를 갉아먹는 줄도 모르고

장미 너머의 그 무엇을 보고 싶은
욕망이여, 어쩌면 네가 줄 수 있는 건
꽃잎에 깃들인 벌레의 사랑뿐
그래도 여전히 내 상한 영혼은 장미의 창을 두드린다
장미의 창을 두드린다
정작 장미의 노래는 부르지도 못한 채

生

天葬이 끝나고
일제히 날아오르는 독수리떼

허공에 무덤들이 떠간다
쓰러진 육신의 집을 버리고
휘발하는 영혼아
또 어디로 깃들일 것인가

삶은 마약과 같아서
끊을 길이 없구나

하늘의 구멍인 별들이 하나 둘 문을 닫을 때
새들은 또 둥근 무덤을 닮은
알을 낳으리

천일馬화 — 프루프록의 연가*

파우스트: 어떤 옷을 입든 이 비좁은 지상의 삶에서
나는 여전히 고통을 느끼지 않을 수 없으리라.
그저 놀기만 하기엔 너무 늙었고
소망 없이 살기엔 너무 젊었다.
세상이 내게 무엇을 줄 수 있단 말인가?**

자, 그러면 가볼까, 그대와 나
한때의 붉은 말들이 갈기를 휘날리며
하늘 저편으로 사위어져가는 지금;
우리 가볼까, 회회교 여인을 휘감은 검은 천의 펄럭임처럼
은밀하게 어둠이 밀려오는 테헤란 에비뉴의 언덕,
잠실 콜로세움의 불빛을 타고 날아온 제오공화국의 음울한 추억을 지나
박쥐 똥이 깔린 싸구려 모텔들의 불안한 낄낄거림, 무지개 살롱
오래된 외상값, 온갖 지루한 연애담과 불륜의 지린내를 밟고 지나
젊은 날의 욕정이 적중되지 않은 마권처럼 뒹구는

이씨 왕조 陵 앞의 경마 중계소를……
오, 그게 뭐냐고 묻지는 말게나

방안에는 여인들이 오고 간다
미켈란젤로 안토니오니, 혹은 하루키를 이야기하면서

아직, 시간은 있으리라
집이, 낡아빠진 열일곱 평짜리 아파트 내부가, 宇宙의 전부인 내게도
세상 사람들은 말하지, 꿩 잡는 게 매란다!
정말이지 시간은 있으리라, 아직 꿩 한 마리 잡지 못한 매 같지 않은 매에게도
악마와 거래를 했었지, 내 有用性의 부리를 남김없이 바치는 대신
다시 한 번, 적중의 오르가슴을, 기적의 펜을……
그것이 무엇인지 묻지는 말게

방안에는 소녀들이 오고 간다
H.O.T를 이야기하면서

아직은 기회가 있으리라
이젠 모든 유용성과 무관해져버린 내 삶에도,
폼페이 이발소의 베테랑 면도사 미스 리가 면도날을 번득이며 키들댄다
연습 삼아 삼천 개의 풍선을 면도한 적이 있었죠
나 역시 삼천 개의 단어를 면도한 적이 있었지, 그러나 지금 남은 건
터진 풍선 조각 같은 몸의 침묵뿐
감청색 기지 바지와 똥색 잠바를 입은 내 모습, 난 점점 조랑말이 되어가고 있어
(방안의 그녀들은 말하겠지: 어머, 저 사람 머리 숱이 점점 없어지네)
한때 내겐 수십 채의 지중해 별장과 포도줏빛 바다와
이 세계를 말아먹을 음험한 계략이 있었네
(그녀들은 말하겠지: 호홋, 그런데 저 사람 배 나온 것 좀 봐, 마치 에어백 같아)
한번 세상을 뒤엎어볼까? ……그럴 새로움이 있을까?

나는 이미 그녀들을 다 알고 있지, 그녀들이 두른 금테의 속성을

맘몬의 입 속에서 부르는 戀歌, 클리셰 아닌 건 없다네
그런데 당신 월봉이 얼마예요?
가령, 섹스 파트너가 몇 명이었는지는 기억도 나지 않는다, 라거나
내 사랑은 1983년 7월 24일 오후 2시 21분 31초, 화양리 불새다방에서 끝이 났다,
고 말하면 누가 세게 보냐?
킥킥 결혼? 나는 딸딸이에 도가 튼 놈이오***

하루, 하루 분의 희망을 복용하며 나는 썩어간다
난 언제부턴가 내 삶을 경주마의 말발굽 소리로 재어왔다
부진마, 속칭 똥말, 변마들의 패러독스를 아시는지?
이를테면 '명마선언'과 '희망'이란 이름의 똥말이 있는 것이다, 희망의 임포?
부진한 인간이 부진마 경주를 선호한다, 999배당이여
한순간에도 있다, 삶을 역전시킬 찬스가……
파우스트: 580배? 내게 웬 돈이 저렇게 많이 걸렸을까?
사라: 그건 네가 2착 내에 들 가능성 0.1%도 안 되는, 진정한 의미의 똥말이기 때문이야

6 파우스트	8. 17일 12 1400 4군 맑양 6%		7. 12 토 2 1200 C6 맑양 7%		6. 12 토 1 1400 C6 맑건 5%	
근성 부족해 약한 경주에서 기대	③만세산57 1:29.4 대유①	1C:0.0	④장력 54 1:16.9 휴준②	1C:0.0	⑦프로레이55 1:30.7 태경④	1C:0.0
38전 0/2 박희도	②사라55 12 춘식④	2C:0.0	②금사화54 3 병은①	2C:0.0	⑨해피데이55 1/2 성일②	2C:0.0
46조 양재철	①전진서울55 1/2 유영②	3C:38.9	⑥갤런트56 코 태경⑥	3C:26.9	①코파카바53 3/4 동철①	3C:40.1
♀, 5 51 -4 /kg	⑬타임월드57 3/4 옥성⑥	4C:58.4	⑤해피라이56 3/4 용준③	4C:45.5	⑥타이푼54 2 회진⑦	4C:59.8
이영우(타) 선행작전구사. 기승기회가 적은 견습기수 139전 3/6	⑩백호산57 3/4 형수⑪	3F:41.3	①황금박스53 1 수홍⑤	3F:40.1	③우림별55 머리 효섭③	3F:40.5
뉴 자유 2週 BEST 396kg	⑦명봉산55 1/2 금만⑦	**1:33.0**	③백호산56 목 성현④	**1:19.2**	⑧밀림왕54 2 영석⑥	**1:33.6**
	④쎄븐진57 1 영원⑨	후미탐색	**⑦파우스트55 6 정년⑧**	전력질주	⑩영비성55 1 대유⑤	늦발후미
	⑧남극태경55 **⑥파우성호55**		⑧기량56 2 효섭⑦		②당나루57 4 홍석⑩	고전
	⑨보광봉주55 ⑤장강형철55	보④9.5		진수④9.0	**④파우스트52 3 진수⑨**	진수④8.0
	⑫대장창구55 ⑪외곬병은 57	보③4.5		진수③5.0	⑤청봉산54 7 명섭⑧	
	3C: (3,13),9-(8,5),(7,2),(6,4),1-(10,11),12	₩8.0	3C: 6,(4,7,3),(2,5),(1,8)	₩1.3	3C: 9-10,7,(6,8,3,1),4(2,5)	₩5.4
	4C: 3,13-9,(8,5),(6,2),(7,1,4)=(10,12,11)	410kg	4C: 6,(4,3),7,2(1,5)=8	406kg	4C: (9,10),7-(6,1)-(4,8),(2,3)-5	407kg

38전 2착 두 번, 그 완벽한 무능력과 불모성을 난 사랑한다

연봉 혹은 연 수득 상금 백만 원도 안 되는 내 머리가

꾸띠 클럽, 춤추는 헤로디아 딸들의 접시에 담겨져 오는 걸 보기는 했으나

난 괴사된 살점처럼 신경쓰지 않는다 아니, 그 무감각이 절망스럽다

파우스트라는 영원한 '실재'여, 난 전문 예언가가 아니므로, 똥말의 기적만을 기다리는 자이므로

0.1%의 가능성에 건다, 파우스트여 들어오라, 이번만은, 그래야

아리따운 그레트헨을 만날 수 있다

……그럴 가치가 있을까, 맘몬의 악령에 업혀 그녀를 만날 가치가 있을까

불용 처리 직전이다, 부진한 경주마들이, 똥말들이 달
려간다 —
배당판이 움직인다, 찰나지간 의식의 배당판이 부지
런히 돌아간다
교활하고, 의심 많고, 예민하고, 게으르고,
건방지고, 의뭉하고, 비겁하고, 약간은 엽기적이고,
큰소리 잘 치고,
남 잘 깔보고, 아부하는 자 경멸하면서 자신은 아부하
고, 똥말들이 달려간다
일단 꾼 돈부터 갚자, 때로는 왕자처럼 우쭐대고, 가
끔은 자기를 쓰레기라 비하하는

나는 늙어간다…… 나는 늙어간다……
머리칼을 색색으로 물들여나 볼까나
통이 아주 넓은 청바지를 걸치고 명동 바닥을 청소나
해볼까나
붉은 악마나 돼볼까나, 사이버 펑크족이나 돼볼까나

물론 시인한다, 그녀들의 미소가 한땐 내 의욕의 화력

발전소였다는 걸
  한 여자가 이렇게 말할 테지: 당신은 공룡 같은 존재야, 빙하기 한복판을 헤매는……
  꿩을 잡지 못하는 매, 구만리장천 위에서 그냥 이대로 아사해버릴 것이다
  오직 비디오의 제국만이 이 위대한 오나키스트****의 육체를 소비하고 있다
  그래, 자웅 동체의 지렁이처럼 아무것도 고백하고 싶지 않다네

  파우스트가 달려간다, 딸라 이자가 달려간다, 지중해의 여인이
  달려간다, 한 마리 유니콘처럼, 관능적인 다리를 내뻗으며, 3코너, 4코너를 돌아
  직선 주로로, 결승점을 향해 — 난 지중해의 여인과 유니콘을 타고 잠시 여행을 떠난다

신비의 합창 일체의 무상한 것은 한낱 비유일 뿐,
미칠 수 없는 것, 여기에서 실현되고
형언할 수 없는 것, 여기에서 이루어진다**

일 분 30초대의 게임은 끝났다. 인간의 목소리가 그대와 나를 깨우고,
우린 현실로 落馬한다

* 엘리엇의 시 「프루프록의 연가The Love Song of J. Alfred Prufrock」.
** 괴테, 정서웅 옮김, 『파우스트』 중에서.
*** 김영승, 「반성」 중에서.
**** onan과 anachist의 합성어.

폭발 이후

가까이 다가갈수록 우린
불덩어리의 지옥이었다
서로를 남김없이 태워버리는

이제 나는 사람 사이의 우주를 보려 한다
내 영혼은 있는 힘껏 당신을 밀어낼 것이다
너무 멀어서
그리움도 미치지 않는 어둠 저편으로

마음의 아비지옥 차갑게 식은 곳에서
푸른 별이 뜨리라

폼페이, 혹은 슬프지 않은 비극

폼페이 유적지를 거닐었다
식은 용암에 묻혀 있는 그대를
생각했다, 철 지난 해수욕장의 풍경처럼
한바탕 들끓던 욕망이 지나간 자리
로마産 아가씨, 안토넬라의 노란 우산이
그 옛날 화신극장 쇼걸의 팬티처럼 아름다웠다
눈 파란 집정관의 딸을 그리며
들개처럼 질주하던 내 마음의 종로 2가는 폐허였다
비극 시인의 집(J. VIII n.5)이 보였다
그는 세상에서 가장 슬픈 비극을 구상하다
불덩이를 맞이했으리라
열일곱 시절, 그때 난 화신극장에 앉아
두 손으로 폭발하는 베수비오 화산의 용암을 만졌다
난 향락을 원했다 퇴폐를 원했다
화신극장은 나의 폼페이였다
비극 시인의 집이었다
식은 용암 속의 그대,
고통의 화석이여
무너진 화신극장의 돌기둥 앞에서 담담하게 인정한다
나는 이제 폐인이 된 것이다

내 꿈의 번화가는 여기서 끝이 났다
그리고 몇 개의 돌기둥으로 복원된 꿈의 유적지를
아직도 자신을 휴화산이라 믿고 있는 베수비오처럼
그렇게 어슬렁거리고 있는 것이다

사랑의 시체

죽은 자들로 가득 찬 몸을 일으켜
창가로 걸어가보면 멀리 밤하늘에 떠 있는
차가운 달의 심장
—남진우, 「죽은 자를 위한 기도」 중에서

나의 애인은 죽었다
삼류 여관
혹은 방금 질주를 끝낸 포르셰 안에서
나는 그녀들을 안고
살아 떠도는 시체들에게로 간다
죽은 자들의 입에 물린 애인은 다시 살아난다

나는 다시 그녀를 원한다
돌이켜보면, 실연의 고통은
지상에서 경험한 가장 큰 축복이었다
그녀는 죽은 입술로 내게 묻는다
그토록 그녀를 열망했던 내 영혼의 행방을

잠시 후면 그녀는 견딜 수 없는 표정으로

나를 한입 깨물 것이다
그렇게 내 몸 안의 죽은 자들을 일으켜세울 것이다

천일馬화 — 경마장의 함정

배휴준 기수가 38전 1승의 부진마 '황금박스' 라는 말을 타고 1위로 골인했을 때 배당은 겨우 2.0배였다 공교롭게도 그 말이 참가한 이날의 경주는 과천벌 대표적 부진마들의 게임이었던 것이다 늘 '대박의 꿈' 이라는 핸디캡을 달고 달리던 '황금박스' 는 그날, 2년 이상 자신을 따라다니며 고액 배당을 노리던 자들에게 심한 배반감을 안겨주었다 나는 안다 인생도 그렇게 나를 보기 좋게 배반하리라는 것을

이웃 사랑을 실천하는 마사회 제공
욕망을 밝히는 저 라스베가스의 불빛, 이미지는 모든 것을 삼킨다
사람들은 황금을 내주고, 부지런히
황금을 딸 수 있다는 환상을 산다
말의 예시장 난간에 누군가 목을 매던 날
'요단강' 이라는 똥말이 예상을 깨고 입상에 성공했다

마감 30초 전,
수백 수천을 잃고 완전히 뚜껑이 열린 채
발매 창구 앞, 마권을 사기 위해 개떼처럼 엉켜 있는
이 인간 군상들

그렇게 한 세기의 마지막이 오고 있다
번성하는 종말론처럼 급박하게 배당판이 움직인다
욕망아 입을 열어라
이제 나는 거기에 똥을 누겠다

나는 말을 탄 기수,
지금 내겐 말 이외엔 아무것도 남지 않았다
하여 나는 한없이 지껄인다
말의 황금박스여,
말의 고액 배당을 꿈꾸며
언젠가는 터질 거라 확신했던 靈感의 대박을 위하여
나는 오랫동안 후미 탐색만을 거듭해왔다
생의 부진마들만을 사랑했다
아니 그렇다고 믿었다

말이여 요단강을 아는가
이 세상 거대한 말의 원형 트랙 앞에서 나는 절망한다
황금박스와 요단강 사이를 돌고 돌다가
결국 나는 말을 잃을 것이다
나는 이 세계에 몸을 내주고 광휘의 말을 얻는 환상을

샀다
폭발적인 꿈이 내장된 권태를 샀다
그러나 지금 내가 예감하는 건
2.0배라는 초라한 배당의 삶, 그 열락과 죽음 사이

신새벽, 말을 달릴 때 얼굴을 스치는 바람의 서늘한 감촉을
그 무엇보다도 사랑한다는,
그래서 낙마와 죽음의 두려움도 종종 잊곤 한다는
어느 신인 기수를 생각한다
새벽 바람의 감촉을 위해 생명을 거는 그를 떠올리며
나는 잠시, 돌고 도는 말의 원형 트랙
그 견고한 욕망과 권태와 절망을 견딘다

세상이여, 이 허무맹랑했던 꿈을 용서해다오
말과 이미지의 라스베가스,
나는 결국 지금 나를 스쳐가는 저 바람에 베팅할 것이다

천일馬화—변마의 독백

내 이름은 돈벼락. 통산 전적 68전 2착 세 번. 그나마 그 중 하나는 수년 전 단거리 경주 때 도주 후 버티기 작전으로 겨우 따낸 것.

혈통? 나의 父馬는 뉴질랜드 변두리 경마장에서 바닥을 쓸다 사라진 부진마였다

주행 습성은 추입. 각종 예상지의 경주 평가란엔 후미 탐색이라 적혀 있다. 말이 좋아 후미 탐색이지 실상은 해찰하며 동료들의 꽁무니를 좇았을 뿐이다.

데뷔 시절, 나의 脚質은 도주였다. 땅! 소리와 함께 단독 선행으로 질풍 노도처럼 튀어나가지만, 직선 주로에 접어들면 쉽게 무너지고 마는. 나의 사랑도 그러했다. 그 후 나는 거세마가 되었다

요즘 나는 질주가 싫다. 일종의 직업병이랄까. 이 돌고 도는 말의 원형 트랙 속에서, 가지 않은 길을 꿈꾸는 자는 불행하다. 세인들은 그를 똥말이라 부른다

나는 주행을 거부할 권리가 있다, 라고는 감히 말하지 못한다. 내가 말이기를 멈추는 순간, 나는 불용 처리되어 단돈 몇 푼에 식용으로 팔려나갈 것이다

그런 나에게 꾸준히 돈을 거는 한 사내를 알고 있다. 그는 최근 한국 사회의 便馬性을 풍자한 「천일馬화」라

는 시를 발표한 바 있다. 경마장 안팎으로 쉬지 않고 질주하는, 똥말 똥시인 똥감독 똥배우 똥교수 똥기자 똥정치……

하긴 대한민국 경마장의 말치고 똥말 아닌 게 어디 있는가.

사내는 3년 전부터 나를 추적해왔다. 그가 나에게 그토록 집착하는 이유는 단 하나, 오직 나 같은 똥말만이 그에게 999배당을 안겨줄 수 있으므로. 사내는 마권을 산 후 전광판을 바라보며 깊게 담배를 빤다. 밀린 세금이, 마권처럼 구겨진 청춘이, 떠나간 애인이 빠르게 배당판을 스쳐간다.

나를 사랑한 자들은 모두 그랬다. 어디 한 군데는 돌이킬 수 없이 망가진 채 표표히 떠나갔다

그러나 나는 알고 있다. 그는 결코 이곳을 떠나지 않으리라는 걸. 세속의 온갖 말들의 후미에서 해찰하는, 불용 처리 직전의 부진한 말들만을 사랑하는 게 그의 업이기에.

그는 말의 고배당만을 노리다 생을 마감할 것이다.

경주는 새로이 시작되고, 욕망은 지연된다. 나의 질주는 반복되고 누군가는 또다시 나를 기다린다. 결승선 전

방 어디쯤 후미 그룹을 형성하다 벼락처럼 치고 나오는 짜릿한 나의 모습을.

두두두두두 똥말은 달려간다 천일마화여, 두두두두 마각을 감춘 채 세상의 똥말들은 쉬지 않는다

나의 왕인 고객이시여, 아직은 칼을 거두소서. 내 말은 아직 끝나지 않았답니다.

나는 여전히 후미 탐색 중이니까요. 기다림을 멈추지 마세요. 언젠가는 대박을 안겨드릴 거예요

그럼요, 멋지게 인생을 역전시켜드리겠어요

詩

오후 햇살 한자락에
한 쌍의 새가 나란히 머무는 그때

성냥불이 손끝에 닿는 찰나처럼
타오르는 노을이
어둠의 처음과 만나는 그때

나는 마음을 던져 물수제비
물수제비를 뜨고
저녁 하루살이의 눈으로 세상을 본다

푸른빛

거센 바람을 맞으며
풀잎은 몸으로 운다
멍든 고통이여
푸른빛이여

보아라
저 푸른빛은 지금
풀잎의 붓으로, 세상 천지
단 한 번 쓸 수 있는 시를 쓴다

고통이 사라지면
푸른빛은
저 풀잎들을 놔두고 가리라

아주 작은 가시

시를 탓한 적이 있지요
내가 무능한 인간이라는 생각이 들 때면
시는 몸에 박힌 가시였어요
너무 작아서 뽑아낼 수도
아픈 까닭에 그냥 잊고 살 수도 없는

그러나 돌이켜보건대
내 삶의 하느님은
오직 그 작은 가시 속에서만
그의 온전한 힘을 보여주었습니다

천일馬화 — The Waste Land

4월은 잔인한 달, 죽은 땅에서 라일락을 피워내고
봄비로 겨우내 얼어붙었던 走路를 일깨우고
모래 바람과 욕망을 뒤섞고
더 많은 마권을 꽃잎처럼 흩날리게 한다
겨울은 오히려 따스했다, 눈이 대지를 덮는 동안 나는 몇 편의 시를 썼고 소소한 액수로
밀레니엄 복권을 샀으며 어느 날 화장실에서 미끄러져 박이 터지는 바람에
잠시 대박 터지는 꿈은 망각될 수 있었다 눈 쌓인
불량 주로 위에서 국산 영화는 유례없는 속도로 선행을 때려 고액 배당을 선사했고
도주 후 필사의 버티기 작전을 폈던 몇몇 시인들은 과도한 부담 중량을 극복하지 못한 채 직선 주로에서 끝내 호미질을 하기 시작했다
과천벌 너머로 소나기와 함께 여름이 급습해왔다
우리는 경마공원에 머물렀다가 햇빛이 나자 예시장에 앉아 커피를 마셨지요
불량 주로에선 폭탄 배당이 속출한답니다 흙탕물 튀는 판에선 자주 똥말들이 기승을 부리니까요
경마뿐만이 아니라 인간 사회도 결국 혈통의 게임이

라 생각해요
그러나 한평생 나쁜 피의 말을 부리며 시인들은 어디로 가고 있는 걸까요
20세기 마지막 그랑프리 대회에선 사상 최초로 국산마 '새강자'가 외국산 마 '울프 사일런서' '스트라이크 테러' 등을 꺾고 당당히 우승을 차지했다지요. 이 땅의 경마인의 한 사람으로 자부심을 느낍니다
킥킥, 저는 사실 한국産이 아닙니다 출생은 제주도이지만, 제 부마 피어슬리의 정액은 미국에서 공수돼왔거든요
변마 아닌 수입산 마 있나요? 박종팔은 태국 랭킹 1위 통탁 키야트파이팍을 3회 KO로 누르고 한국 복싱의 우수성을 과시한 바 있지요
경주로에 나오면 가슴이 트이는 걸 느낍니다. 돈을 걸지 않으면 경마가 성립하지 않듯
운명을 걸지 않았다면 시가 재미 없었을 거예요
주말엔 주로 경마 예상지 『명승부』를 보고,
월요일엔 마음의 남쪽에 앉아 『금강경』을 읽지요

그대는 반인반마의 고독을 아는가

사내는 말들이 잊혀질 때까지 해풍에 머리를 헹군다*
바람 속, 한줌의 모래가 배당의 흐름을 알려주리라
언제나 스산한 바람은 추억을 향해 불지요
친구들은 모두 떠나고
나쁜 피의 말을 탄 죄로 나 혼자 안개 속에 갇혀 있어요
결막염을 앓는 한 시인을 경마장에서 만났지
그의 눈에 비친 나 역시 血眼이 되어 있었다
누군가 텅 빈 까치집 아래 나무 그늘에 앉아 집을 날리고 울었다
모래 바람이 부는 도시,
애마橋** 위로 한떼의 거세마들이 흘러갔다
이토록 많은 사람을 욕망이 파멸시켰으리라 나는 생각지 못했다
끝없이 돌고 도는 원형 트랙, 내 마음의 변마는 변마답게 진짜 斜行을 하고 싶어요
나는 가끔, 무한의 우주 공간 속으로 영영 사라져버린 보이저 1호를 생각한답니다
"서두르세요, 창구를 닫을 시간입니다"
마지막 경주, 불모지(33전 0/3)란 말을 놓고 한 구멍

박아버려요

"서두르세요, 닫을 시간입니다"

박 터진 당신, 義齒 값은 만들어야잖아요. 왜 이리 밀어, 이 씨발년이, 일단 찍어, 찍어, 찍으라잖아, 원래 막판은 이래요, 모두들 뚜껑이 열려 있거든요

"서두르세요, 닫을 시간입니다"

* 함민복, 「해변의 경마」 중에서.

** 과천 경마장 입구에 있는 다리.

마라톤 주자

내 안엔 누군가에게 소식을 전해야 한다는
무의식이 살고 있다
그 무의식의 운동성이 나를 달리게 한다
전언은 휘발하고 달리기만 남은 것이다
전언을 알려야 한다는 욕망은 속도를 만들고
속도는 다시 그 욕망을 욕망하는 기계를 생산했다
나의 달리기는 그 기계의 톱니바퀴 운동이다
속도는 속도를 일으킨 주인을 집어삼키고
무의미한, 숨가쁜 호흡만을 확대 재생산한다
전언의 에너지는 텅 빈 관성만을 남긴 채 사라지고
그 관성이 지금 내 몸의 기계를 굴리고 있는 것이다
기계가 멈추면 나도 없다

그림자

허공에 잠자리떼
잠자리가 데려온 하늘인 듯
잠자리가 놀 때까지만 바람인 듯
까르르 투명한 날개들의 웃음꽃

저녁의 식탁,
밥 내음처럼 둘러앉은 식구들
은은하게 끓는 찌개의 영혼
전등빛 아래, 이 저녁말고는
다른 저녁은 오지 않을 듯, 어머니는
내 밥 위에 고기 한 점이라도 더 올려주시고

후두둑
빗방울에 고개 들면
텅 빈 하늘

우리들의 뻐꾸기

정류장을 알리는 안내 방송과 함께
뻐꾸기 울음 소리가 흘러나오는 버스를 탄 적이 있지
히힛, 왜 하필이면 뻐꾸기 소리일까
마치 부화된 뻐꾸기에 의해
둥지 밖으로 떠밀려나가는 개개비의 알처럼
뻐꾸기 울고 승객들은 하차했어
난 그때 뻐꾸기 울음을 뒤로한 채
이 버스에서 떠밀려간 또 다른 이들을 떠올렸지
막차의 창가에 기대어 졸던 안내양들 말야
문밖으로 승객이 삐져나오는 만원의 생지옥을
온몸으로 버팅기던 안간힘,
끝내 삶의 손잡이를 놓지 않을 것 같았던 그 억센 손아귀
버스 무게만한 그녀들의 피곤은 다 어디 갔을까
그렇게 뻐꾸기 울음에 떠밀려간 것들을
우리는 또 얼마나 잊고 있을까
세월의 바퀴는 왕성하게 굴러가고
서울역 내리세요 뻐꾹
수많은 고통의 기억들을 개개비 알처럼 떠밀어내며
우리들의 뻐꾸기는 오늘도 발랄하게 울어대지

오래 전 내가 살던 방을 바라보며

오래 전 내가 홀로 기거했던 아파트를 지나칠 때면
옛 애인의 전화번호가 바뀐 줄 뻔히 알면서 다이얼을 돌려보듯
그 방을 올려다보곤 한다 밤새
불을 밝힌 채 누군가를 기다리며 술잔을 기울이던 그 방안의 나
그 생생했던 현실감을 텅 빈 실루엣으로 바라보다 그런 생각을 한다.
얼마나 나를 지나야 나를 만날 수 있는가
구겨진 회수권처럼 세운상가를 떠돌던 제복의 음울함이라든가
이태원 디스코텍 라이브러리의 사이키 불빛 아래
심해어처럼 發光하던 내 몸짓, 그 어느 순간도
나라는 현실감의 絶頂에서 비껴나 있어본 적이 없었으나
오늘의 내가 할 수 있는 것이란 기껏 양파 껍질처럼 벗겨져 사라져버린
무수한 내 현실감의 절정들을 추억하는 일일 뿐

한 사람을 사랑하여 죽음을 생각하던 고통

그 사람을 위해 아흔아홉 편의 연시를 쓰던 손가락의
떨림도
이제는 내 것이 아니다
허물 벗는 양파처럼 나는 나를 허물 벗으며 간다
함부로 내뱉었던 숱한 사랑의 말들도
진실보다 거짓이 뜨겁게 진실했던 욕정도
청춘이 생의 전부인 양 늙음을 박대했던 한 시절도
벗어놓은 허물처럼 사라졌다

얼마나 나를 잃어야 나를 만날 수 있는가
나는 매일 나의 낭떠러지를 살고 있다
한 발짝 걸음을 옮기면 자취도 없이 사라지는
그 캄캄한 生의 허방 앞에서, 어제의 내가 그랬듯
한갓 양파 껍질이 될 현실감의 절정을 붙잡고 뒹굴고
있는 것이다
그 껍질의 독한 향기에 취해
한때 저 방안에 살았던 헛것의 구체성을
살덩어리의 따스했던 감촉을 그리워하고 있는 것이다

천일馬화 — 마방 탐방

2조 마방의 좌장인 허창회씨는 예의 그 면도날 같은 얼굴에 환한 미소를 머금고 기자를 맞았다. 인터뷰 내내 그는 리더십 결여라는 마방의 평가를 의식한 듯 매우 자신만만하고 박력 있는 모습을 보여주려 애썼다. 그는 비기수 출신으로, 97년도 그랑프리 대회에서 '뉴코리아'라는 마필을 2위에 입상시키며 일약 정상급 조교사로 발돋움한 인물. 몇 차례 덕담을 주고받은 후, 기자가 이번에 있을 무궁화배 대상경주의 전망에 대해 묻자 그의 표정은 갑자기 굳어졌다. 최근 마방 분열 사태로 전열이 크게 흩트러진 상태에서 대상경주를 치르는 게 그에겐 어느 정도 부담이 되는 듯했다. 그러나 그는 금세 여유를 되찾았다. "물론 '팔공산 빈배' '감자골 산신령' '자갈치 택배' 등의 능력마들을 폐마 처리한 건 가슴 아프지만, 혈통 좋은 젊은 마필들이 대거 수혈됐기 때문에 한마디로 필승지세입니다"

과거 그랑프리 대회에서 '코' 차이로 2위에 머문 악몽을 되풀이하지 않겠다는 듯, 그의 얼굴엔 어느새 웃음 대신 어떤 결연함 같은 게 자리하고 있었다.

2조 당나라 마방 보유 마필 능력 진단(2000년 1월 29일 현재)

마명	성별	연령	산지	
팔공산 빈배	수	8	한	뛸 만큼 뛰어준 마필로 금명간 불용 처리 예정.
감자골 산신령	수	9	한	고령마이지만 아직도 발주 악벽이 있다. 순치가 어려운 마필로 곧 마방을 옮길 예정.
일사철리	거	5	한	마필이 너무 날뛰어 거세를 시켰다. 선두력 순발력 좋다.
자갈치 택배	수	8	한	산전수전 다 겪은 마필로 드러난 능력이 전부이다. 퇴출 예정.
스모돌이	수	4	한	능력 검사 통과한 육중한 마체의 신예마로 어느 정도 기대를 걸었으나 구절 이상으로 현재 휴양 중.
근대화	암	6	한	부마는 과거 뚝섬 제일의 경주마. 혈통 좋은 마필로 당분간 제 밥벌이는 할 듯.
공심계	수	7	한	걸음걸이 늘지 않는 한계 마필. 제주도에 씨암말로 내려가 있는 어미를 몹시 찾아 퇴역을 고려하고 있다.
백두봉	수	6	한	현군에선 한발 쓸 전력이나 생각만큼 안 뛰어주는 기복마로 순치에 어려움 있어 큰 기대 없다.
부영열차	수	6	한	마방을 여러 번 옮긴 마필로 승부욕 뛰어나 1군까지는 승군 가능하다.
비룡	수	9	한	고령에다 어깨가 나빠 착순권이면 만족한다.
범신론	수	5	한	막강 도주력으로 잔뜩 분위기만 잡다가 살며시 꼬리를 내리는 마필. 2두 출전시 바람잡이용으로 가동할 만한 현군 유지마.

• 앞서가는 경마 예상지 『맹승부』 제공

천일馬화 — 1800M 1군 핸디캡 연령 오픈 일반 경주 발주 10분 전 경마 예상가 金馬氏를 만나다

새들의 건축술은 놀랍지 않나요
거센 폭풍우에도 나뭇가지 하나 잃지 않는 저 까치집을 보세요
하지만 그들은 떠날 때가 되면 미련 없이 제 집을 버리죠
'즐기면 레저, 빠지면 도박' 이라는 표어가 붙어 있는 경마장 관람대 증축 공사장 앞에서
경마 예상가 금마씨는 수십 장의 마권을 흩날리며 말했다
마사회가 경마 우울증을 앓는 이들을 위해 상담실을 개설했다죠
전매청은 언제나 폐암을 걱정하지요
욕망의 城砦, 라는 표현은 조금 진부하군요, 여기는 매슈 아놀드가 말한
묻힌 삶the buried life을 꺼내주는 곳이에요 땅을 뒤엎을 듯한 말발굽 소리를 들어보아요
우리들의 국가는 늘상 마취제와 각성제를 교대로 투입해요
당신은 말이 달리는 2분여 동안 무슨 생각을 하나요
매장되었던 영혼이 땅 위로 솟구치며 춤을 추는 느낌이에요
말들의 탐스런 엉덩이, 나는 저 뿌연 주로에서 압구정

동의 스펙터클을 보지요

경마는 일종의 벤처 사업입니다. 당신은 무슨 일을 하나요? 금마씨가 나에 대해 묻자 나는 얼버무렸다
건달이죠, 경마와 「순풍산부인과」 보는 게 내 유일한 낙입니다
전화 걸 데도 없어요, 베팅 정보 '배아무개의 과녁' (700-6901) 이외엔.
당신은 인생을 흘려보내고 있네요, 젊음은 잔인한 겁니다*
언젠가 지나쳤던 프로방스 지방의 한 경마장, 난 그때 왜 김현 선생을 떠올렸을까
그가 떠난 이곳은 말들이 영영 사라져버린 모래 走路 같다는 생각…… 나는 왜 별빛 따위에 삶을 베팅한 걸까
누구 말대로 고흐가 돈푼깨나 만졌다면 귀를 잘랐을까…… 그러나
진정한 말의 주인이 될 수 있다면, 귀 아니라 또 뭐는 못 자르겠어요
오호, 당신은 마주가 꿈이로군요. 킬킬, 나는 그냥 말의 감식가로 남겠어요. 국제적 똥말들이 과천벌에서 명

마로 군림하는 현실이 코믹하지 않나요. 이젠 정치판에 도 외국산 변마들을 수입하면 어떨까요

삼 년 전 '두배로' '라피트 샘'이란 말은 내 친구에게 1,050배라는 폭탄 배당을 선사한 바 있어요

물론 인생은 바뀌지 않았죠…… 그 친구 시가 생각나네요

시집 한 권에 삼천 원이면/든 공에 비해 헐하다 싶다가도/천 배당에 쑤셔넣으면 남들 두 달 월급인데/생각하면 마음은 어느새 드넓은 주로가 되네

영혼이 무거워 제대로 달릴 수가 없어요. 어쩌다 시는 이리 과도한 핸디캡이 되어버렸을까요

경마장에서도 정보는 중요하죠. 승부하지 않는 말에 돈을 걸 수는 없잖아요

금마씨는 여기저기 핸드폰을 건다. 6번 말이 간대? 10번은 없다구?

그는 말울음처럼 히히힝 웃으며 말한다 제 인생도 쏘스로 점철된 인생이었죠

K고등학교 갈 수 있다는 쏘스가 있어 8학군으로 전학왔는데, 막상 떨어진 곳은 말죽거리 근방 똥통학교……

팔자죠 뭐. 대학도 눈치 작전 피다가 미달 쏘스가 있어 S대에 응시했구요

386…… 그러고 보니 정보화 세대로군요

이 경주엔 눈여겨볼 말이 뭐가 있나요? 예술도 요즘은 경마 중계식으로 보도하데요

나는 지금 몇 위로 달리고 있을까, 별은 몇 개를 받았을까요

이제 문학도 막판 경주 같지 않아요? 밑천은 떨어져가고 루머는 번성합니다. 뚜껑은 열리고 엉뚱한 말들이 배당판을 움직이고 있어요

自害냐, 해탈이냐? 이게 요즈음 나의 화두죠

내 인생을 예상하진 마세요. 똥말은 식용으로, 우수마는 승마장에서 우아하게 퇴역의 말년을 보내죠

변마들의 이름은 한결같이 슬퍼요. '무한정 우승'이란 말은 왜 한 번도 우승을 못하는 걸까요

이번 경주엔 '네버엔딩 스토리(23전 4/8)'가 간다는군요

그 말이 내 묻힌 삶을 꺼내줄까요?

네버엔딩 스토리예요

* 엘리엇, 「여인의 초상 Portrait of Lady」 중에서.

코차: 말의 코 끝에서 눈까지의 거리 차. 1~24cm 이내. 경마에서는 어느 말의 코 끝이 먼저 결승선에 닿았는가를 따져 승부를 가리게 된다.

각질: 말들의 질주 습성. 다른 말들과 같이 뛰기를 싫어하는 버릇이 있어 출발 신호와 함께 단독으로 내빼는 말을 도주마(대부분 이런 각질의 말들은 뒷심 부족을 보인다), 선두 그룹의 맨 앞에서 뛰기를 선호하는 말을 선행마, 선두권을 형성하며 달리는 말을 선입마, 후미에서 따라오다 막판 뒤집기를 노리는 말을 추입마라 한다.

사행: 변마들에게서 종종 나타나는 습성으로, 경주시 똑바로 질주하지 않고 주로를 이탈하듯 비스듬히 달리는 걸 말한다.

거세마: 숫말의 경우, 오직 경주에 전념하라는 뜻에서 거세를 시킴. ♂에서 ○을 뗀 ↑이 거세마의 표시.

999배당: 초고액 배당.

경마 예상지: 경마가 시행되는 날마다 발행되는 주간지로, 경주 추리에 필요한 각종 경주마의 정보와 경마 예상가들의 우승 가능한 말들에 대한 예상평이 실려 있다.

수득 상금: 말이 벌어들인 상금.

부담 중량: 기수의 체중, 안장의 무게가 가벼운 말이 더 잘 달릴 수밖에 없다. 말이 짊어지고 달리는 부담 중량은 말의 나이, 성별, 경주 능력, 산지, 기수의 경력 등에 따라 가감된다. 이러한 부담 중량의 적용은 출주마들의 질주 능력을 어느 정도 엇비슷하게 만들고 경주의 박진감을 높여준다.

그 중 핸디캡 경주는 말들의 경주 능력에 따라 부담 중량이 조절되는, 그러니까 더 잘 달리는 말에게 보다 무거운 부담 중량을 짊어지게 하는 경주를 말한다. 이 때문에 우수마들이 과도한 부담 중량을 견디지 못하고 종종 골병이 들곤 한다.

경마장을 찾는 사람들에게도 보이지 않는 부담 중량이 부과된다. 하루의 경마가 끝나고 과천벌을 나서는 수만의 경마인들을 보라. 그들의 등짝엔 엄청난 무게의 부담 중량이 얹혀져 있다.

호미질: 직선 주로에서 급격하게 페이스가 떨어진 말들의 제자리걸음을 하는 듯한 모습을 가리키는 속어.

예시장: 출주마들이 경주 시작 30분 전에 나와서 자신의 컨디션을 공개하는 곳.

마방: 마주들이 자신의 말을 위탁 관리하는 곳. 과천 경마장엔 50개가 넘는 마방이 운영되고 있다.

라일락의 한순간

꽃 그늘 아래 두근거림은 어디 갔을까, 흔해빠진 연가를
지나간 추억의 상투성을 완성시키며 라일락은 핀다
사랑은 무슨 맛일까요, 묻는 첫 미팅의 여학생에게 라일락 꽃잎을 씹어보세요
아아 사랑은 라일락 꽃잎처럼 쓴맛이에요, 어느 봄날의 야외 수업 시간
노교수가 들려준 교양 국어 수준의 연애담처럼 피어나던 라일락
늘상 축제의 바깥에서 놀던 청춘과 짝사랑과 취업난과 실업의 돌담길에 피어나
판에 박힌 낭만과 상투적인 비애, 새롭기도 전에 낡아버린
생의 희열 사이를 해마다 어김없이 라일락 향기는 자욱하게 지나갔다
그렇게 라일락꽃 피던 봄날, 오늘은 잠실의 한 공원을 지나다
먼발치에서 중학교 동창으로 보이는 사내를 보았다
먼 옛날 한참 모자랐던, 아이들에게 반편이로 꽤나 놀림을 당했던 그가

아주 숭굴숭굴하게 생긴 만삭의 아내와 라일락 숲길을 산책하고 있었다

아내의 부른 배처럼 그의 웃음도 어느덧 완숙한 곡선이었다

라일락이 빚어낸 그 낯선 풍경을 바라보며 나는 오랜만에 꽃잎을 씹어보았다

쓴맛이었다, 참으로 사랑스런 쓴맛이었다

그 친구 내외가 지나간 길 위로 라일락 꽃잎들 문득 생살처럼 돋아났다

라일락은 가끔은 흔해빠진 연가들을 지나, 한 사람의 삶에게

울창한 향기의 신천지를 내어줄 줄도 알고 있었다

미스터 버티고

지금껏 꽤 많은 의사를 만나보았지만
기억에 남는 이는 단 두 사람, 공교롭게도 모두 장애인이었다
한 사람은 휠체어를 타고 있었고
한 사람은 교통 사고로 한 팔을 쓰지 못했다

원인 모를 어지러움 때문에
요즘엔 자주 산에 오른다 약수터 근처
윗몸 일으키기 기구에 누워
한참 동안 거꾸로 뒤집힌 숲을 바라보다 보면
내가 아프기에, 거꾸로 선 것들의 고통도 어렴풋이 보이는 듯하다
그리고 가끔은, 이 바로 선 세상이
눈물겹게 경이롭다

장애의 눈으로 보면
모든 정상적인 움직임은 분명한 기적이다
그러나 우리는 기적의 일상에 젖어 사는 까닭에
그 눈부신 기적에 대해 한껏 방자해 있는 것이다

누더기를 벗고 비단 옷을 걸치겠는가

騷音도 못 일으키는 문학이여,
라는 혹자의 맹랑한 말에 흥분할 필요는 없다
좋은 시는 속에 빛나는 보석을 품고
겉엔 남루한 옷을 걸쳤으니
누가 그것을 주목하겠는가
따라서 본받는 이도 거의 없을 것이다
본받는 이 없는데 누가 입을 열겠는가
그렇다면 소음이라도 일으키기 위해 당신은
누더기를 벗고 비단 옷을 걸치겠는가

自畵像

텅 빈 양재 천변 길, 오늘도 자전거를 달린다
밤새 내린 비에 없었던 지렁이가 보이고
송장 메뚜기 한 마리 풀쩍 잡초 속으로 날아간다
아내는 직장에 간 시간
나는 자전거나 타면서 고작 지렁이도 익사를 할까
쑥부쟁이는 쑥과 뭐가 다른가 따위의 사소함을 붙들고 있다
몇 년째 나는 아무 일도 하지 않았다
자전거 위에서 몇 편의 시를 구상했을 뿐
언제나 핵심을 피해왔다
시험 전날 만화방에 앉아 있는,
목적지를 놔두고 샛길에서 해찰하는 아이처럼
아무 일도 하지 않는 자의 가슴엔 늘 쓸모 없는 것들만
다녀간다 가을 빛에 젖은 억새풀과 노란 은행잎 몇 개
길 옆 나무들 사이로 보이는 소학교에선 운동회가 한창이다
내 자전거엔 어느새 함성 소리처럼 날개가 돋아
유년의 운동회로 나를 데려간다
은빛 운동장 저편엔 젊은 날의 어머니가 있고
그녀와 이인삼각으로 달려가는 어린 날의 내가 있다

내 자전거는 해질녘이 되어서야 붉게 물들어
정적 속의 내게로 되돌아온다
세상을 삼킬 것 같았던 어제의 열망은 이제
나의 몸을 알아보지 못한다, 그러나 노는 자여
나는 이미 오래 전에 예감했었는지도 모른다
집으로 저물어 돌아가는 나의 자전거가
텅 빈 가을 하천의 사소한 풍경을 완성시키고 있는 이
순간을

매혹

어젯밤 내린 빗물의 길을
온몸으로 걸어서
언덕까지 올라온 미꾸라지 한 마리

햇볕이 나자, 그가 돌아갈 길은
흔적도 없이 사라졌다

무지개가 떴다

제2부 자전거의 노래를 들어라

연어의 길

반대로 다시 되돌아가려는 것,
그게 길의 움직임이다*

드러누운 풀은 일어서고
새들은 편 날개를 접고
물은 빗방울로 되돌아가 始原으로 가고
나는 추억한다

거센 물살을 거슬러 올라가는 연어떼
세상을 떠메고 어디로 가는 것이냐
죽음은 딱딱하고
삶은 여리고 보드라운 것
연어가 뛴다, 연어가 뛴다
길의 움직임이여, 들리지 않느냐
세상의 첫 아기 울음 소리가

* 反者, 道之動: 노자, 『도덕경』 중에서.

無의 페달을 밟으며
—자전거의 노래를 들어라 1

두 개의 은륜이 굴러간다
엔진도 기름도 없이 오직
두 다리 힘만으로
은륜의 중심은 텅 비어 있다
그 텅 빔이 바퀴살과 페달을 존재하게 하고
비로소 쓸모 있게 한다
텅 빔의 에너지가 자전거를 나아가게 한다
나는 언제나 은륜의 텅 빈 중심을 닮고 싶었다
은빛 바퀴살들이 텅 빈 중심에 모여
자전거를 굴리듯
내 상상력도 그 텅 빈 중심에 바쳐지길
그리하여 세속의 온갖 속도 바깥에서
찬란한 시의 月輪을 굴리기를, 꿈꾸어왔다
놀라워라, 바퀴 안의 無가 나로 하여금
끊임없이 희망의 페달을 밟게 한다
바퀴의 내부를 이루는 무가
은륜처럼 둥근, 생의 노래를 부르게 한다
구르는 은륜 안의 무로
현현한 하늘이, 거센 바람이 지나간다
대붕의 날개가 놀다 간다

은륜의 비어 있음을, 무를 쓸모 없다 비웃지 마라
그 텅 빈 중심이 매연도 굉음도 쓰레기도 없이
시인의 상상력을 굴린다
비루한 일상을 날아올라 심오한 정신의 숲과 대지를 굴리고
마침내 우주를 굴린다
길이여, 나를 태운 은륜은 게으르되 게으르지 않다
무의 페달을 밟으며
내 영혼은 녹슬 겨를도 없이 自轉하리라

나는 추억보다 느리게 간다
—자전거의 노래를 들어라 2

나를 움직이는 연료는 침묵이요
나의 엔진은 바람이요
나의 경적은 휘파람이다
나는 아우토반의 욕망을 갖지 않았으므로
시간으로부터 자유롭다
하여 목적지로부터 자유롭다
나는 아무것도 목표하지 않는다
목표하지 않기에 보다 많은 길들을
에둘러 음미한다
나는 늘 途中에 있다
나는 샛길에서 깨달음을 얻었다
나는 길의 선지자이다

나를 움직이는 것은 기계가 아니라 인간이다
인간의 중심이 아니라 인간의 아웃사이더이다
아웃사이더의 서정이다
숲으로 난 샛길을 사랑하는 산책가의 몸이다
산책가는 누구를 추월하지 않는다
그러므로 나는 추억보다 느리게 간다
나를 무수히 추월해간 지상의 탈것들이여

어쩌면 목적지란 시간의 종말 아닌가
나의 시간은 무한한 곡선,
은륜의 텅 빈 내부로 물이 고이듯 시간이 머문다
샛길의 시간은 무익하여, 아무도 가지려 하지 않는다
나는 그 무익한 시간들을 벗 삼아
유한한 삶에 대한 명상을 충분히 할 것이다
산책가는 늘 길 뒤편에 남아 있다
풀잎 하나 사소한 흔들림에도
생의 시간을 길게 확장시키며

레만 호에서 울다

맑고 고요한 레만 호수여, 너는 얼마나
내 살아온 어지러운 세계의 반대편에 있는가
—바이런, 「맑고 고요한 레만 호수여」 중에서

차를 몰고 가다 하룻밤 머무는
생수처럼 차분한 에비앙이란 마을,
물안개 자욱한 저녁 호반의 벤치에 앉아
레만 호를 바라본다
멀리 수정처럼 반짝이는 도시 로잔의 불빛,
내 삶은 언제나 저 명멸하는 불빛 속에 있었으나
내 영혼은 가교가 놓이지 않은 이편의 호숫가를 배회해왔다
그것이 나의 불행이라면 불행일 터
알프스를 넘어온 별들이여, 그 옛날
절름발이 시인 바이런이 노래한 하늘의 시여
이방의 언어와 한 세기의 세월이 가로놓여 있다 한들
그 무슨 번역이 필요하겠는가
알바트로스의 날개를 타고
나 역시 여기까지 날아온 것이다

부와 명예 또는 권력, 가족이라는 굴레
그 모든 욕망이 나를 부른다 해도
절름발이를 태운 알바트로스는 어디에도 내려앉지 못
한다
날개를 접을 수가 없다
그것이 나의 불행이라면 불행일 뿐
한때 내 마음의 절뚝거림이 어색하게 부유하던
호반 저편의 불야성을 뒤로한 채
물비린내처럼 사십대는 오고
내 불구의 유일한 가교인 무지개
그리고 먼 곳의 아내여, 내 이 세상에 와서 얻은 건
사랑과 늙음, 오직 그 두 가지였나니
나 잠시 호숫가 저녁 벤치에 지친 날개를 접고
그래 내 절름발이 영혼을 기대고
저 레만 호의 크기만큼 울고 싶구나

천변 풍경

루체른의 아침 호수를 걷는다, 누군가 여행은
자발적 귀양이라 했던가
아직도 난 풀씨처럼 자유로운 여행가의 마음에 대해 알지 못한다
카펠 다리를 지나는 연인들의 웃음이나 백조의 유영을
그림 엽서처럼 바라보는 법만을 알고 있을 뿐, 나는 여전히
물비린내의 國籍 따위에 갇혀 떠돌고 있는 것이다
루체른 호를 바라보며 나는 아까부터 춘천의 공지천을 생각하고 있었다
프로방스 가을 들녘을 지날 때도 내가 떠올린 건
허름한 벽에 밀레 그림이 붙어 있던 어린 날의 시골 이발소였다
브리헤 운하를 건널 적에도 70년대 답십리 천변 풍경에 사로잡혔다고 한다면
분명 씁쓸한 倒錯에 가까운 일이지만 어쩔 수 없다 나는
물론 알고 있다 나를 낳은 땅의 크기만큼 사고한다는 것을
그 땅에 박혀 있는 내 망막의 뿌리가 얼마나 길고 긴

가를
나를 키웠던 풍경의 크기가 또 얼마나 질긴 뿌리인가를

외지에선 왠지 나와 같은 모습을 한 자들을 피하게 된다
스위스 어느 마을에서 만났던 미스터 洪이라는 음식점 주인,
아귀 힘처럼 억센 경상도 말투로 다짜고짜 악수를 청하는 공격성과
스티로폼 접시에 음식을 담아오는 적당한 무례함 따위는
그래도 낯익은 서글픔이다 융프라우 정상에서 두 번 눈물을 흘렸노라
어쩌구 호들갑을 떠는 한국 여자들에게선 어떤 역겨움 같은 게 느껴진다
나는 소수 동족의 해골 밖에서 유로 貨처럼
발랄하게 통용되는 시를 쓰고 싶었다
그러나 지금도 어쩔 수 없이 나의 영혼을 움직이는 그 무엇은

백조와 청둥오리가 노니는 저 호반의 포토제니가 아니라
폐수가 흐르던 답십리천의 지지리 궁상들, 공지천 포장마차의 식은 동그랑땡,
모텔 파라다이스의 퀴퀴한 불빛 따위들, 새벽 매봉산 氣체조를 하는
늙은 욕망들과 청계천 한켠에서 칙칙이를 파는, 그 어디에서도
換錢이 안 되는 삼류들의 삶인 것이다 그럼에도
바벨 탑 근처에도 가보지 못한 이 말들이 나는 좋다
프로스트나 네루다의 출세를 부러워하는 것도 내게 주어진 업일 뿐,

나의 母語가 아무리 못난 엄마라도 좋다 그 방외의 말이
아무리 나를 가두는 좁은 감옥이라도 좋다 그 감옥 안에서 나는 행복하다
시는 변방으로 귀양 가버린 노래, 그리고 그 변방 중의 변방에 있는
나의 말을 나는 사랑한다 이는 결코 자기 위안이 아

니다
　이제 시의 운명은 그 邊方性의 극점에서 완성될 수 있
는 것이므로

Becoming Woman

가슴이 파열하듯 갈라지고
사내가 괴물 새끼를 낳는 영화의 한 장면,
글을 쓰는 매순간 내 몸은
여성이 된다 으아아아아
괴물 새끼를 출산하는 사내의 갈라진 흉부—질처럼
고통스럽게 여성 되기를 꿈꾼다

그렇다 내 속에 사는 시인의 최대 욕망은
모든 길들여진 바벨 탑의 풍경 밖에서
이 세계를 다시 짤 수 있는
낯선 괴물의 언어를 낳는 것이다

일 포스티노
—자전거의 노래를 들어라 3

자전거를 타고 양재천을 달린다
逍遙의 페달을 밟으며
루체른 로이스 강가를 달린다
아이거 북벽이 보이는 그린델발트 언덕을 넘어
몽생미셸 해변을 달린다
바람아, 내 고독의 돛을 힘껏 밀어라
흐르는 물처럼 자전거의 길은
낮게 웅크린 모든 것들을 그윽하게 어루만지며
낮은 데로 낮은 데로 임한다
자전거의 길은 스스로 길이라 말하지 않는다
가로막는 산과 다투며 터널을 뚫지도 않는다
자전거의 길은 언제나 우회한다
에움길의 운명을 담담히 받아들이며
직설이 아닌 다만 은유로 존재한다
스치는 바람의 감촉아, 은유로 이루어진 길 위에서
길을 잃는다는 건 행복하여라
이 길은 시를 운반하는 우체부의 길이다
난 하염없이 그 우체부를 기다릴 것이다
프로방스의 햇살과 별들의 소리를 녹음한 테잎을 든
그가 내 마음속으로 들어올 때까지

하루살이의 말
—자전거의 노래를 들어라 4

어스름 강가나 하천을 달리면
얼굴에 부딪는 수만의 하루살이떼
그대의 오늘은 어디 갔는가
차갑게 나를 각성시키며
눈보라 눈보라로 온다
즐거움도 하루살이
고통도 하루살이
사랑도 그리움도 하루살이
단 한 번 주어진 오늘이기에
그 어떤 마음을 마다하리
이리로 오라, 하루뿐인 온갖 마음들아
열심을 다하여 앓겠노라
찰나에 구멍을 뚫어 영원을 보겠노라
오늘에 깊은 구멍을 뚫어
광대무변의 오늘을 살겠노라
작은 티끌 속에 우주를 들여놓겠다는 듯
하루살이들이 벌이는 저 황홀한 군무
눈보라로 불어오는 강가를 달리면
내 일상이란 말은 사치롭구나
허무라는 말도 방자하구나

페달이여 그만 쉬거라, 내 오늘은 안장에서 내려
저들과 더불어 한바탕 춤을 추고 싶다
저 하루살이들이 온몸으로 펼쳐놓은
오늘의 廣大無邊 속에서

로마 콜로세움 속의 화신극장

콜로세움에 도착할 때까지 나는 줄곧 불타는 로마를 바라보며
하프를 튕기고 있는 음유 시인 네로의 표정을 떠올렸네
물론 할리우드 시대극 쿼바디스 덕분이었네
로마는 혹 할리우드 극장의 지붕 아래서 오징어 땅콩이나 팔며
연명하고 있는 건 아닐까 2002년 월드컵 코리아 모자를 쓴
한떼의 효도 관광 무리들이 형체만 남아 있는 투기장을 내려다보며
고대 로마인들처럼 엄지손가락을 치켜올렸네 파랗게 질린
데보라 카를 향하여 콧김을 내뿜으며 돌진하는 검은 수소
할리우드 제국의 신성일, 로버트 테일러 얼굴에
지지직 굵은 비가 내렸네 나는 어느새
70년대의 찌린내와 함께 종로 화신극장에 앉아 있었네
격투기 쑈도 보고 연극도 보았던 그 옛날 원형 극장의 관객처럼,
남진 나훈아 모창으로 변두리 밤무대를 떠돌던 무명

가수들 노래와
  데미트리아스의 들창코 미녀 수잔 헤이워드에 넋잃던
  까까머리 아이 모습 위로 서른 중반을 넘긴
  어정쩡한 몰골의 사내가 동시 상영되고 있었네

  할리우드産 안경을 쓴 내가 로마 콜로세움 안에서
  화신극장을 보았네 척 노리스와 싸우는 부르스 리도
  언제나 선이 악을, 삶의 열망이 죽음을 이긴다는 낡은
필름이었네
  제국의 백성들이 콜로세움의 불멸을 믿었듯
  나 역시 화신극장이 영원할 줄 알았네

  나, 앙상하게 뼈대만 남은 내 사랑의 콜로세움을
  희망과 허망의 동시 상영관을 생각하네
  죽음이란 영원한 휴일로 통하는 모든 길 위에서
  변함없이 아름다운 입술로 아이스크림을 빨고 있는
오드리 헵번
  할리우드가 내게 가르쳐주곤 하였네
  운명을 어쩔 수 없다면
  가끔 멈춰 서서 꽃향기라도 맡아야 한다는 것을

나 폐허의 콜로세움 안에서, 화신극장에 앉아 있는 나를 보았네
화신극장은 내 마음속에 끈질기게 살고 있네
살아서 그토록 낡은 삶의 형식에 대해 말하고 있네
하지만 까까머리 아이는 지금도 들창코 미녀의 미소에 붙들려 있어
끝내 극장의 어둠 속을 벗어나지 못할 거네

스크린의 환영이, 살아 함성으로 번성하는 콜로세움을 빚어냈듯
무너진 화신극장이 현실의 나를 상영하고 있네
왜 태어나는 아이는 그리 슬피 울고
죽은 육체를 빠져나간 영혼은 너무도 편안하게 웃고 있는가
운명을 어쩔 수 없으므로
지금 이 순간 꽃향기에 몸 전체로 붙들려 있는 것을
그래, 누구도 살아서 이 극장의 어둠을 벗어나진 못할 것이네

파타야의 노을

영화 쉘 위 댄스를 상영하는 극장 건너편엔
카바레, 파타야가 있다
영화 속 미모의 젊은 춤선생은 지하의 춤을 경멸했지만
사교 춤은 언제나 은밀한, 비사교적인 조명의 지하에서 번창한다
황혼빛을 닮은 카바레의 조명
카바레 파타야엔 시암의 노을이 빛나고 있을까
꽃봉오리의 진홍빛 내부처럼 타오르던
파타야 해변의 노을, 저무는 바다의 정수리를 가르던
찰나의 熱雷, 그 짧은 절정들이
심심하고 심심한 육체에게 춤을 권한다

이 카바레 안에는 뉘우침도 절망도 늙음도 해탈도 없다
심심함을 구원할 열락의 스텝만이 사이키 조명처럼 명멸할 뿐
해구신, 지네, 매춘, 도박, 삐끼, 뱀쑈, 포르노, 러시안 룰렛
무의미의 지하실을 휘도는 쾌락의 푸른 곰팡이, 썩어가는 것의 즐거움
파타야의 노을 아래, 온갖 이미지의 야설들이 춤춘다

이 지루한 털 및 썸씽을, 이 지독한 몸의 쌈마이 性을
춤추는 육체여, 붉게 빛나는 미아리 텍사스, 터키탕의 비누 거품처럼
파타야의 창녀는 퇴락한 게르만 사내의 품에 안겨 웃는다
지루박을 권하는 늙은 몸이여, 욕망은 왜 자기를 그대로 드러내지 않고
정교하게 스텝을 밟는 것인가

애인에게 버림받고 춤을 배웠지만 나는 춤꾼도
시인도 되지 못했다 지하철 창문으로 보이는 댄스 교습소
환영처럼, 저 안에서 실패한 여자 댄서가 나를 부르는 듯하다
음험한 결벽증과 엉킨 스텝, 나는 고작 핍쑈를 훔쳐보며 한줌의 도덕을 노래했다
나는 속인들을 비웃는다, 부지런히 이미지와 오입하면서
추악한 욕정에게 은밀히 부킹을 신청하면서
마지막 춤은 파타야 바다를 미끄러지는 요트 위에 남

겨놓은 채
나는 스러져가는 노을처럼 빛난다 빛나는 척한다

영화 쉘 위 댄스를 상영하는 극장 건너편엔
카바레, 파타야가 있다
누군가 속되게 댄서의 젖가슴을 더듬어도, 욕망은 여전히
정교한 스텝을 밟는다

바다를 바라보라

물은 시내에 들어서면 시냇물의 몸이 되고
강으로 흐르면 강물의 몸이 된다
그러면서 시내와 강의 넓이,
바닥의 돌들과 바위의 모습을 변화시킨다
스스로 변화하면서, 마침내
세상을 변화시키는 물의 운동성

사색하는 자여, 바다를 바라보라
출렁이는 저 바다를 바라보라
그 무한한 물의 진리를 담아내는
그릇의 깊이를

들꽃에 관한 명상
—자전거의 노래를 들어라 5

지도에도 없는 무명의 길을 달린다
속도의 권력을 갖지 않는 자
더 많은 것을 만나고 벗하게 되리라
내 친구인 강바람이여
바람을 따라 따뜻한 인사를 보내는
사려 깊은 억새풀이여
벌개미취여
쑥부쟁이여
달개비여
노루귀여
속도의 권력이 허가한 세상
밖에 있는 것들이여
길들여지지 않은 들꽃의 길이여
그러니 대저 길의 경계가 어디 있겠는가
스스로 길을 만들지 않아도
자전거는 달린다
그 모든 野生이 우정으로 내어준 그 길을

명상의 발전소
—자전거의 노래를 들어라 6

자전거를 달리며 죽음을 생각한다
지금, 두 개의 바퀴가 아슬아슬 균형을 잡고
굴러가는 게 삶이기 때문이다
길이 그치면
언제든 내릴 준비가 돼 있는가
자전거에서 훌쩍 내리듯
죽음을 맞이할 준비가 돼 있는가
졸다가 내릴 곳을 잃어버린 영혼들을 태우고
시간의 기차는, 입을 쩍 벌린
검은 욕망의 터널 속을 미끄러져간다
페달이여 내 마음의 發電所여
멈추지 말라 멈추지 말라
명상의 자전거 불빛이 꺼지지 않게

롯의 바다, 死海에서

이 소금의 바다엔 아무것도 살 수 없다
죽음 이외엔

해변엔 목발이 버려져 있다
불구의 몸을 이끌고 먼 길을 온 자
비로소 죽음의 바다 위에서
구름 같은 자유를 얻는다

이 바다엔 의인도 악인도 없다
걱정 마라, 자꾸만 뒤돌아보고 싶은 집착이여
오직 그대만이
그대를 멸할 수 있으리니

가장 환한 불꽃

> 케이에게 얘기할 수 있게 해주십시오. 내가 이 손을
> 불꽃 속에 넣고 견딜 수 있는 만큼의 시간 동안만.
> —어빙 스톤, 『빈센트 빈센트 빈센트 반 고흐』 중에서

태양은 늘 자기 마음의 가장 환한 데를
가을 프로방스 땅에 바친다

아를의 어느 허름한 여관방에 누워
바라보는 창밖의 낙조
벽엔 고흐의 방이라는 그림이 걸려 있다
햇살 한자락의 붓을 들고
이 땅을 노닐다 간 사내
사랑의 끝, 이별, 이루어질 수 없는 것들……
그 작은 죽음들과 기꺼이 벗할 수 있는 사람들의
마음은 뜨겁고 환하다
저 잎새에 물드는 낙조처럼

그는 사랑하는 여자의 아비 앞에서
촛불 속에 자신의 손을 밀어넣는다

자기를 태울 때까지만 허용된 사랑,
그리고 사랑의 가장 환한 불꽃인 고통

자기를 다 태울 때까지만
빛으로 허락된 햇살이여,
순한 바람이 불고
석양빛에 타오르는 붉은 잎새가
고흐의 손길처럼 고요히 흔들리고 있다

해바라기밭을 지나며

프로방스의 태양은 다산성이에요

아를의 가을 들판을 달리면
태양이 낳은 수만의 아이들이
일제히 노란 입을 벌리며
먹이인 빛을 달라고 보채고 있지요

그 소리 하도 먹먹해
고흐의 귀를 생각했어요

꼬냑의 오후

애초에 가려고 간 게 아니었다
알람브라 궁전엔 가지 못한 채
알람브라 궁전의 추억만을 듣다가
무심코 당도한 꼬냑이라는 마을
가을비는 해바라기밭에 들러
씨앗을 먹고, 포도나무숲
수액의 알코올에 취한 듯 내렸다
천지는 不仁한데
발그레한 얼굴의 꼬냑 사람들은
소풍 나온 酒神의 자식들처럼
걱정 없이 비에 젖는다 케세라 세라
해바라기야 자랄 대로 자라거라
사람아 취할 대로 취하거라
살아 있는 오크통인 포도나무 속엔
박카스의 말씀이 출렁이고
길들은 아무 근심 없이 꼬부라지고
햇빛이 아이들의 학교인 그곳,
낮술 기운처럼 불쾌하게
흘러들었다 흘러나온
어느 꼬냑의 오후

사랑의 편지
—자전거의 노래를 들어라 7

어둔 밤, 페달을 돌려
자전거 전등을 밝히고
사랑의 편지를 읽는 사람아
그 간절함의 향기가 온 땅에 가득하기를

사랑은 늘 고통을 페달 돌려
자기를 불 밝힌다
자전거의 길을 따라 어떤 이는 와서
그 빛으로 인생을 읽고 가기도 하고
救援을 읽고 가기도 한다

그대, 부디 자전거가 가는 길로
사랑의 편지를 부쳐다오
세상의 유전이 다하고 암흑이 온다 해도
빛을 구할 데는 마음밖에 없나니
나는 나를 불 밝혀 그대 편지를 읽으리라

밤의 카페에서

세상에 빛나지 않는 게 어디 있는가
있다면 고흐가 채 다녀가지 않았을 뿐
—황동규, 「세일에서 건진 고흐의 복사화」 중에서

카페 라 뉴이에 가면
가끔 고흐를 만날 때가 있어요
누구나 다 알다시피
그의 삶은 암흑이었지만
그 카페엔 지상의 어떤 대낮보다
환한 밤이 살고 있답니다
아를의 하늘에 젖은 별 몇 개 반짝이면
그는 취기 어린 눈으로 묻곤 하지요
세상에 빛나는 게 어디 있는가
당신은 빛나는 세상을 보았는가

그래요
다만 깊은 어둠의 동굴 속에서
세상을 바라보는 자의 눈부심이 있을 뿐이지요
그 어둠 밖에선 결코 다다를 수 없는
눈부심이 있을 뿐이지요

몽생미셸* 가는 길

멀리 놔두고 싶어, 그럴 수만 있다면 언제나
왜 멀리?
멀어서 아름다운 것들이 있지
—이인성, 『강 어귀에 섬 하나』 중에서

노르망디 해변,
금빛으로 익는 드넓은 초원 위로
양떼들은 구름과 더불어 놀고
젖은 바람의 외길을 따라 걷다 보면
저 멀리 뭍이 끝나는 곳
자그만 바위산 위에 세워진 수도원이 보여요
밀물이 들고 어둠이 내리면
그 몽생미셸 수도원은
거대한 水晶이 박힌 듯
별보다 시리게 빛나는 섬이 되지요
저 중세의 수도원은 얼마나 소중한 걸 간직해야 했길래
사람들 발길 닿지 않는 머나먼 곳에서
스스로 섬이 되어야 했을까
하지만 알고 싶진 않아요

(지나간 중세의 욕망은 한갓 뭉게구름일 뿐)
멀어서 아름다운 것들은
먼 대로 놔두어요
내 마음 아주 먼 곳에도
수정의 섬으로 빛나는 것이 있지요
다만 멀어서, 간직할 수밖에 없었던 것들
다가갈 수 없기에 영원히 존재하는 그 무엇
그 이름을 聖 그리움이라 부를까요

* Mont-Saint-Michel.

화신극장 옛터를 지나다

내겐 첫번째 꽃소식이었지요
동굴 밖 눈부신 빛처럼
영화는 시작되었어요
눈 푸른 여주인공은 에로스의 화신
그녀는 내게 극장의 우상이었지요
나는 그녀의 매혹적인 몸을
그 몸의 구체성을 탐닉하고 싶어
스크린을 향해 걸어가기 시작했지요
그러나 가도 가도 극장의 어둠은
끝이 없었어요
그녀는 이미 수십 년 전에 사라진 스타였구요
그야말로 별빛이었지요
그래도 에로스의 화신은 내 걸음을 재촉했어요
동굴의 입구에 환하게 서 있을
그녀, 그림자의 매혹적인 주인을 향해
그렇게 영화는 끝나지 않았는데
어느덧 화신극장은 사라졌어요
별빛을 보며 수음을 한 걸까요
아직도 내 영혼은 에로틱해요
화신극장 옛터를, 내 몸의 옛터를 뒤로한 채

나는 어둠 속을 흐르고 있어요
동굴 밖의 빛처럼 여전히 스크린은 환해요

우연의 음악

오솔길을 달린다
아주 우연히 듣는
상큼한 음악들

꽃 피는 소리, 민들레의 음표들
브라스 밴드 행렬로
나무를 타고 오르는 나팔꽃
손가락 사이를 빠져나가는
바람의 종달새 울음

그리고, 내 수만의 몸들을 빠져나와
달려가는 영혼의 바람소리

그대가 받은 이 生도
아주 우연한 음악

소도시의 금빛 시간이여, 다시 한 번 우리에게 머물기를

> 아아 나팔 금빛 빠랏빠
> 소도시에서 살고 싶다
> ―진이정, 「소도시의 악대」 중에서

소도시에 살고 싶다고 노래한 시인이 있었네
돌고 도는 꼴
세 살배기라도 화안히 꿸 수 있는 곳
하여 때로는 별난 일이 궁금한
소도시에 살고 싶다는 시인이 있었네
내 마음 한켠에 언제나
서른다섯 살의 얼굴로 남아 있는 사람
나 오늘 네카 강을 거닐다
햇살처럼 그의 노래를 떠올렸네
이국 땅이라면 어떤가
생맥주 거품의 쌉싸름한 향기를 닮은 한적한 거리,
멈춰 선 전차에선 기쁜 엽서처럼 문득
그리운 애인이라도 내릴 것 같은
브라스 밴드 연주에
도시 전체가 금빛으로 우는,

그래 그가 다시 태어났다면 바로 이쯤에서
살고 있으리라 생각했네

햇볕 좋은 네카 강변에 누워 있는 청춘들
이 작은 도시의 자명종들은 영원히 잠들거나 모두 깨어져
사람들은 영혼의 자전거 페달을 밟으며
저렇듯 한가하다네
저기 성 안 포도주 보관통엔 평생을 퍼가도
마르지 않을 취기가 담겨 있고
나는 느린 취기에 몸을 맡긴 채
강처럼 흐르고 흘러 어느 生에선가는
소도시의 다정한 적요와 가끔은 별난 일처럼 지나갈
브라스 밴드 행렬을 사랑하는 그를 만날 것이네
늘상 그랬듯 멋쩍은 얼굴로
습작 시편들이나 주고받으며 살아갈 것이네

아아, 그렇게 시간이 우리에게 머물기를,
저 강변에 드러누운 청춘들의 낮잠처럼
저 고성 안 거대한 포도주 통과

멈춰 선 전차의 침묵처럼
소도시의 금빛 시간이 다시 한 번 우리에게 머물기를

우리는 수력 발전소처럼 건강했다

—이문재 시인의 「형부는 수력 발전소처럼 건강하다」를
암송하던 시절에 바친다

한 시인의 그레고리안 성가를 들으며 그와 난
시인을 꿈꾸었다 발전소 푸른빛으로
온몸을 충전하던 시절이었다
댐의 수위는 늘 아슬아슬했다
마음의 지독한 가뭄은 가문비나무를 노래하곤 했다
첫사랑의 물을 온몸에 적시며
그와 나는 늘 영혼 저편에 있는 수력 발전소의 수심을
잿다
푸른 희망의 수심을
우리는 이미 상한, 실패한 갈대였지만
하늘 아래 넉넉히 흔들리고 있었다
우리는 병들었고 또 수력 발전소처럼 건강했다
우리는 진실로 바라는 게 있었으므로
반딧불처럼 전력을 다해 자기 몸을 불 밝혔다
밤이면 우리들의 열망은 수천 수만 볼트의 전류를 일
으키며
송전탑으로 흘러갔다 아아, 그러나 우리는
그 댐을 넘는 것이 아니었다
발전소 푸른빛을 넘는 것이 아니었다
송전탑으로 한번 흘러간 그의 영혼은 다시 돌아오지

않았다
그의 불빛은 영원히 꺼졌다, 나는 우리들의 옛집인 추
억에
불을 밝히고 멀어져버린 댐의 쓸쓸한 어둠을 바라본다
우리는 발전소 푸른빛을 넘어오는 게 아니었다
그러는 게 아니었다

뒤늦은 편지

늘상 길 위에서 흠뻑 비를 맞습니다
떠나야 한다는 생각이 들었을 때 떠났더라면,
매양 한 발씩 마음이 늦는 게 탈입니다
사랑하는 데 지치지 말라는 당신의 음성도
내가 마음을 일으켰을 땐 이미 그곳에 없었습니다
벚꽃으로 만개한 봄날의 생도
도착했을 땐 어느덧 잔설로 진 후였지요
쉼 없이 날갯짓을 하는 벌새만이
꿀을 음미할 수 있는 靜止의 시간을 갖습니다

지금 후회처럼 소낙비를 맞습니다
내겐 아무것도 예비된 게 없어요
사랑도 감동도, 예비된 자에게만 찾아오는 것이겠지요
아무도 없는 들판에 멍하니 앉아 있었습니다
게으른 몽상만이 내겐, 비를 그을 수 없는 우산이었어요
푸르른 날이 언제 내 방을 다녀갔는지 나는 모릅니다
그리고 어둑한 귀가 길, 다 늦은 마음으로 비를 맞습니다

시인의 방

> 나비야 우리 방으로 가자
> 어제의 詩를 다시 쓰러 가자
> —김수영, 「詩」 중에서

시인의 방엔 아직도 나비가 가득하다

시는 죽음을 넘어서 온다
그대 손가락에 깃들이는
저녁 나비의 심장,
아직은 등불을 끄지 마라
사람이 아니라, 시가 시를 사랑하고
시가 시의 외로움을 달래주고
시가 시에 취하는 날이
지금 그대 앞에 오고 있다

그리움을 그리워해보고 싶은 것이다
—몽생미셸 수도원 1

밀물이 들면 세상과 절연하는 바위섬
몽생미셸 수도원
오로지 뭍에 대한 그리움만이
삶의 한 가지 미끼가 되었을 법한 그곳

뭍의 여행자들은 망루에 서서
하염없이 밀물 드는 바다를 바라다본다
그들의 시선은 웬일인지 수도원 내부가 아닌
멀리 자기들이 온 세상에 가 있다
세속의 욕망, 그 반대편에 서서 한번쯤은
그리움을 그리워해보고 싶은 것이다

하늘을 나는 쥐

버려진 빵 부스러기 따위를 찾아
게걸스레 도심을 떠도는 잿빛 비둘기들을 보고
누군가는 시궁쥐 같다고 했다
공감이 가는 말이다, 언제부턴가 비둘기들은
이 도시에서 하늘을 나는 쥐가 되어버렸다
그들이 상징하는 자유나 평화를 지탱하는 힘도
野性을 잃고
낯익은 定住民이 되었을 땐 이미
시궁쥐의 변종인 것이다

파리의 우울

파리의 거리는 온종일 비가 내리고
노트르담으로 가는 지하철 통로 저편엔
떠돌이 여가수가
자신의 꿈처럼 낡아버린 기타를 튕기며
가을비 젖은 목청으로 상송을 부르고 있다
그녀의 모자 속에 떨어지는 은빛 동전 소리를
나는 아까부터 듣고 있었다
찰랑, 이며 일어서는 영혼의 거지들
내 노래는 언제 지상에 있었던가?
늙은 여가수 당신은 물론 알고 있을 것이다
먼 곳을 떠돌다 온 내 노래도
늘상 누군가의 원조를 필요로 했을 터
나는 노래가 무언가를 생산할 수 있으리라
생각진 않았다, 다만 보들레르가 그랬듯
육체의 완전한 廢家 속에서
혹은 有用한 삶이 던지는 냉소와 저주를 은화처럼 주워들며
세상의 도시를 부유하는 자들의 온갖 소음을
나의 음률로 만들고 싶었다
군중의 소음이 곧 음률인 노래

내 노래의 후견인인 도시 역시 그걸 원했다
떠돌이 여가수여, 그것이 내가 아는 전부이다
가을비를 맞는 베짱이의 고통이여, 그게 내가 느끼는 전부이다
寺院으로 갈 것인가, 도시로 갈 것인가
그러나 애석하게도 나는 아직 여기에 있다
침묵과, 도시를 흐르는 인파의 소음 사이 바로 그곳에
나는 예감한다 침묵과 소음 사이의 엉거주춤한 그 무엇
그 어색한 서성임이
행로도 귀로도 아닌 이 기나긴 지하 통로가 내 노래의 운명임을
불어오는 검은 바람아, 아마도 그럴 것이다

내 마음의 루브르

미로의 박물관을 헤매며 생각한다
불란서 놈들 남의 나라 유물들 가져다
장사 한번 잘하는구나
나도 쓸 만한 시의 유물 구하러 천지를 떠돌았으나
얻은 건 단 하나의 깨달음
내 방만큼 거대한 박물관은 없어라

새는 깃털을 남기고 나무는 잎새를 남긴다
인간의 유물이란 기껏
이데아가 찍어낸 그림자 놀이
자기 방의 창문으로 세상을 관음하는 자여
그대 무엇을 보았다 하는가

미끼
—몽생미셸 수도원 2

하늘 가득 별밭이 흘러오는 밤, 아주 먼데서 바라본 저 수도원은 마치 寶石宮 같다 무수한 잔별들이 쏟아내는 빛의 발전소가 거기에 임했을까 내 커다란 배낭 속엔 영하가 빌려준 노트북이 들어 있다 내가 좋아하는 어느 선배 작가의 말처럼, 바다에 오면 바다를 쓰고 싶은 욕망이 정작 바다의 진면목을 감상할 수 없게 한다 타고난 고통이다 그리고 그 고통의 십자가 무게가 힘겹게 짊어지고 다닌 이 노트북이다 물론 한 달 동안 한 번도 전원을 켜본 적이 없는 이 노트북 모니터엔 나를 끊임없이 유혹하는 삶의 미끼가 반짝이고 있다 저 멀리 내 걸음을 재촉하는 보석궁보다 더 찬란한

보석궁 안은 터키의 케밥 내음과 게걸스레 그 음식 냄새를 쫓는 갈매기, 참새떼로 가득했다 바다를 쓰고 싶은 욕망은 늘 별빛의 발전소처럼 나를 밝힌다 그러나 내가 쓴 것은 한갓 케밥 냄새에 불과하다 별밭을 걸으며 나는 木星을 생각한다 목성을 스쳐 무한 창공으로 영원히 편도 여행을 떠난 보이저 호, 욕망의 등짐을 짊어진 고통은, 삶의 쓸쓸한 진면목들은 이렇듯 가깝고 내 삶의 미끼는 멀어서 눈부시다 저 별엔 삼백 년째 모래 폭풍이 불고 있다

목 없는 잉꼬

산길을 걷다, 거미줄에 날개가 친친 감긴 채
죽어 있는 잉꼬를 본 적이 있다
그날 이후 나는 줄곧 그 애완용 새의 꿈을 꾸곤 했다
그는 노란 날개를 안간힘으로 퍼득이며
목 없이 어디론가 자꾸만 날아가고 있었다
잉꼬의 꿈은 길눈도 없이 나를 데리고
어둠을 날아가고, 어느 날 왕거미가 와서
내 머리를 먹어치운다 해도
내 꿈은 멈추지 않을 것이다, 푸르른 하늘 아래
빽빽히 드리워진 투명한 거미줄을
나는 목을 움츠리며 올려다본다
조롱 문을 열어도 탈주하고 싶지 않는 욕망
가족을 이루는 것의 행복
신의 가호, 안락한 가죽 소파
삶은 내 머리를 어여삐 쓰다듬고
나는 차츰 그의 애완용이 되어간다
딱딱한 호도알이여, 입을 열어라
목 없이 날아가는 잉꼬는 밤마다
내 꿈속으로 들어와, 실패한 탈주를
무저갱의 조롱에 갇힌 자의 고통을 노래한다
이미 허공인 입술로

해설

말달리자, 말달리자

이광호

이번에는 경마장이다. 무림과 압구정동과 세운상가를 서성거리던 유하의 주인공은 이제 구겨진 마권을 손에 쥐고 경마장을 배회하고 있다. 시인은 그 경마장 연작에 '천일馬화'라는 제목을 붙여준다. 그런데 왜 경마장인가? 경마장이 무림과 압구정동과 세운상가의 연장선에 있는 것은 그것들이 모두 불길한 욕망의 무대이기 때문이다. 그곳들은 한 개인의 사소하고 비루한 욕망이 추억의 빛깔로 물들어 있는 자리이며, 동시에 비판적인 문맥에서의 사회 · 문화적 의미를 함유하는 공간이다. 유하를 통해 이 하위적인 문화 공간들은 새로운 시적 대상이 될 수 있었고, 그것에 매혹되면서 동시에 그것을 반성하는 화자는 우리 문학사에서 볼 수 없었던 낯선 서정적 자아의 얼굴을 드러냈다. 경마장 역시 욕망과 추억이, 그리고 매혹과 반성이 뒤섞여 있는 곳이다. "말들의 탐스런 엉덩이, 나는 저 뿌연 주로에서 압구정동의 스펙터클을 보지요"라는 시의 진술은 시인 자신의 목소리에 근접해 있다. 그것은 기본적으로 욕망의 스펙터클을 보여주는 장소이다. 그리고 여기에는 정치적 알레고리의 해석학이 동반될 수 있다. 그곳은 "묻힌 삶을 꺼내주는 곳"이고 "마취제와 각성제를 교대로 투입"하는 국가 권력이 용인하는 합법적인 도박장이다.

그런데 다시, 시인은 왜 그 경마장 이야기를 만화의 제목을 빌려 '천일馬화'라고 했을까? 이 지점에서 경마장은 앞의 장소들과 다른 시적 의미 공간으로 뻗어나간다. 우선, 말〔馬〕과 말〔言〕의 운명에 대한 사유가 그 하나이다. 유하의 경마장 연작은 단순히 말〔馬〕에 관한 시들이 아니라, 말〔馬〕에 관해 말〔言〕하려는 욕구에 관한 시이다. '천일馬화'라는 제목은 그 두 가지 말의 층위에 대한 시적 성찰을 동반한다. 또 하나는 갬블러의 욕망과 '부진마'의 운명과 관련된 실존적 상징이다. 그것은 불가능한 꿈의 실현을 위해 생(生)을 베팅하는 삶, 궁극적으로는 죽음을 마주한 삶이라는 실존적 주제에 연결되며, '부진마'들은 거세되고 무기력한 남성성이라는 상징과 만난다.

마사 박물관에 가면 당신은
한때 뚝섬을 주름잡았던 명마의 박제를 만날 수 있다
경주마 이름은 포경선
생전에 그에겐 많은 돈이 걸렸다
물론 사람들이 원하는 건 바람 같은 질주가 아니었다
그는 시간이라는 조롱 속에 갇혀
끝없이 황금 고래에 대한 이야기를 해야만 했다

그는 알고 있었다
오직 죽음만이, 이 저주 받은 이야기꾼의 운명을
정지시켜줄 수 있다는 것을,
죽음은 그의 바람대로
그를, 말의 육신을 멈추게 해주었다
이윽고 그의 몸은 방부제로 가득 채워졌다
그리하여 황금 고래에 관한 이야기는
영원히 썩지 않는 박제가 되었다

—「천일마화—명마 捕鯨船」 전문

박제가 되어버린 명마 '포경선(捕鯨船)'은 단지 질주를 위한 말이 아니었다. "포경선"은 달려야 하는 말이면서 동시에 "끝없이 황금 고래에 대한 이야기를 해야만" 하는 "저주 받은 이야기꾼의 운명을" 살았다. 이때 "말의 육신"이란 '말〔言〕의 육신'이기도 하다. 그러니까 말〔馬〕의 신화는 말〔言〕의 신화로 존재했었다는 것, 죽음은 그 '말〔言〕의 운명'을 멈추게 했으나, 그 신화를 "영원히 썩지 않는 박제"로 만들어버렸다는 것을 의미한다. 이 경우 끊임없이 달려야 하는 말의 운명은 끊임없이 지껄여야 하는 이야기꾼의 운명과 닮아 있다. 그러므로 '천일馬화'란 끝없이 달려야 하는 말들의 이야기이면서 또한 영원히 이어져야 하는 이야기의 천형적인 속성 그 자체이다.

마헤라자드가 말했다. 원수진 놈 있거들랑 경마장에 데리고 가라고
정권 교체가 '코' 차이로 이루어지던 날

마헤라자드가 말했다. 이 땅의 정치는 不振馬 게임, 便馬들의 운동회라고

똥말들의 특징: 각질이 불규칙하다. 지 꼴릴 때 들어온다. 자주 斜行한다. 달릴 수 있는 한 절대 은퇴하지 않는다.

—「천일馬화—걸리버 여행기」 부분

'천일馬화'는 정치 풍자적 알레고리로서의 『걸리버 여행기』의 이야기와 만난다. 『걸리버 여행기』에 나오는, 말들이 다스리는 나라에서는, 말들이 가장 이성적인 존재로 인간들은 가장 야만적인 존재로 되어 있다. 이 전도된 세계는 '경마장'과 다를 바 없는, 혹은 그보다 야만적인 현실에 대한 풍자의 조건이 된다. 이때 등장하는 화자 "마헤라자드"는 '세헤라자드'의 변형이면서 세상 모든 이야기꾼의 입을 대변한다. "이 땅의 정치는 부진마(不振馬) 게임, 변마(便馬)들의 운동회"라고 말하는 다소 직접적인 비판은 이 시를 「무림일기」의 연장선상에 있는 풍자의 공간으로 몰고 가는 듯하다. 유하는 또 다른 시 「천일馬화——마방탐방」에서 "허창회" "팔공산 빈배" "감자골 산신령" "자갈치 택배" 등 정치인들을 연상시키는 캐릭터들을 등장시켜 현실 정치를 풍자한다. 이것이 담고 있는 것은 물론 현실 정치가 똥말들의 게임과 다를 바 없다는 비판적 인식이다.

그런데 위의 시의 화자가 겨냥하고 있는 것은 단지 현실 정치의 공간만이 아니다. 화자는 자신을 포함한 동시대의 삶 전체에 대한 야유로 나아간다. 화자는 "나는 거세된 똥말이다. 마방의 밥만 축내며 순위의 바닥을 쓸고 있다. 난

질주하고 싶은 게 아니라 산책하고 싶은 것이다. 거세마의 표시는 ↑이다, 하늘만 보란 뜻인가? 시가 나를 건달(乾達)로 만들었다"라고 고백한다. 이 고백은 속도전의 척도로 평가되는 세계에서의 "산책"자이며 "건달"인 화자 혹은 시인의 불우를 말해준다. 이때 화자는 세상을 향해 야유하는 자이며, 동시에 자신을 향해 조소하는 자이다. 자신에 대한 야유는 "말의 어머니여, 난 결국 은유를 포기하지 못할 거예요./저 질주하는 말떼들의 더러운 매혹을 끝내 붙잡진 못하리라"는 또 다른 고백에 담겨진다. 이 고백에는 두 가지 욕망이 포함된다. 우선은 끝내 "은유를 포기" 못하는 시에 대한 매혹, 그리고 "질주하는 말떼들의 더러운 매혹"이다. 이 두 가지 매혹은 각기 다른 자리에 있는 것으로 보이지만, 그 매혹이 그렇게 다르지 않다라는 반성적 주제가 거기에 숨어 있다. 잘라내어도 다시 자라는 "욕망의 도마뱀 꼬리"라는 문맥에서, 저 욕망은 이 욕망과 닮아 있다.

> 나를 사랑한 자들은 모두 그랬다. 어디 한 군데는 돌이킬 수 없이 망가진 채 표표히 떠나갔다
>
> 그러나 나는 알고 있다. 그는 결코 이곳을 떠나지 않으리라는 걸. 세속의 온갖 말들의 후미에서 해찰하는, 불용 처리 직전의 부진한 말들만을 사랑하는 게 그의 업이기에.
>
> 그는 말의 고배당만을 노리다 생을 마감할 것이다.
>
> 경주는 새로이 시작되고, 욕망은 지연된다. 나의 질주는 반복되고 누군가는 또다시 나를 기다린다. 결승선 전방 어디쯤 후미 그룹을 형성하다 벼락처럼 치고 나오는 짜릿한 나의 모습을.

두두두두두 똥말은 달려간다 천일마화여, 두두두두 마각을 감춘 채 세상의 똥말들은 쉬지 않는다

나의 왕인 고객이시여, 아직은 칼을 거두소서. 내 말은 아직 끝나지 않았답니다.

나는 여전히 후미 탐색 중이니까요. 기다림을 멈추지 마세요. 언젠가는 대박을 안겨드릴 거예요

그럼요, 멋지게 인생을 역전시켜드리겠어요

—「천일馬화—변마의 독백」 부분

「천일馬화」 연작들의 문법적 특징을 다성적인 연극성이라고 볼 수 있다면, 그 대화성은 이 시에서도 두드러진다. 이 시는 "돈벼락"이라는 이름의 "변마"의 독백으로 구성되어 있다. 그 독백은 경주마로서의 자신의 생에 대한 정보를 자기 모멸을 담아 드러낸다. 흥미로운 것은 "추입" 혹은 "후미 탐색"이라는 주행 습성과 경주 평가에 대한 진술이다. 이것은 이미 경주마로서의 힘과 의지를 상실한 말에 대한 대역전의 꿈이 만들어낸 희망적인 평가이다. 이 평가에는 물론 고액 배당을 꿈꾸는 갬블러의 욕망이 개입되어 있다. 이 부진마의 고백은 그를 지켜보는 시인에 대한 진술로 나아가고, 일종의 시점의 역전이 이루어진다. 그 시인이 이 말에 집착하고 베팅하는 것은 다른 사람들이 베팅하지 않는 똥말만이 단 한 번의 벼락 같은 고액 배당을 안겨줄 수 있기 때문이다. 그러니까 시인에게 이 똥말은 그 불가능한 대역전의 욕망을 매개한다. 변마는 그가 이 무모한 베팅을 그만두지 못할 것임을 잘 안다. "경주는 새로이 시작되고, 욕망은 지연"되기 때문에, 그 욕망의 악마적인

순환은 멈추어지지 않는다. 그러므로 그 변마의 "아직 끝나지 않"은 "말"은, 실현되지 않을 대역전의 꿈을 미끼로 자신의 "불용 처리"를, 그러니까 죽음을 연기하려는 세헤라자드 혹은 "마헤라자드"의 목소리이다.

> 38전 2착 두 번, 그 완벽한 무능력과 불모성을 난 사랑한다
> 연봉 혹은 연 수득 상금 백만 원도 안 되는 내 머리가
> 꾸띠 클럽, 춤추는 헤로디아 딸들의 접시에 담겨져 오는 걸 보기는 했으나
> 난 괴사된 살점처럼 신경쓰지 않는다 아니, 그 무감각이 절망스럽다
> 파우스트라는 영원한 '실재'여, 난 전문 예언가가 아니므로, 똥말의 기적만을 기다리는 자이므로
> 0.1%의 가능성에 건다, 파우스트여 들어오라, 이번만은, 그래야
> 아리따운 그레트헨을 만날 수 있다
> ……그럴 가치가 있을까, 맘몬의 악령에 업혀 그녀를 만날 가치가 있을까
>
> —「천일馬화—프루프록의 연가」 부분

시인은 이 말들의 이야기에 『파우스트』와 엘리엇의 「프루프록의 연가」라는 텍스트들을 겹쳐놓는다. 『파우스트』를 끌어들이는 것은 그것이 한 '부진마'의 이름이기 때문이다. 그 부진마는 "완벽한 무능력과 불모성"을 상징한다. 이때 '파우스트'는 단지 우연히 그 부진마에게 붙여진 이름이 아닐 수도 있다. 우선 주제적인 측면에서, 괴테의 『파

우스트』는 무한한 지식과 권력과 현세적인 쾌락을 성취하고 그 욕망을 충족시킬 수 있는 힘을 얻기 위해 악마에게 영혼을 팔아버린 인간 드라마이다. 이 인간은 자아를 무한대로 확대하기 위해 노력하고 방황하고 구원받는 인물의 전형이 된다. 부진마 '파우스트'의 이미지는, 시인이 인용한 바의 욕망의 끝을 보고 회한에 젖어 독백하는 『파우스트』의 캐릭터와 연결된다. "2착 내에 들 가능성 0.1%도 안되는" 부진마 '파우스트' 역시 자신을 구원할 순수의 원형으로서의 그레트헨을 욕망한다. 그러나 경마장의 공간에서 '파우스트'는 이미 재물의 신인 '맘몬'에게 자신의 영혼을 팔아버린 자이다.

그러면 「프루프록의 연가」는 어떠한가? 엘리엇의 시에는 한 중년 사내의 '내적 독백'을 통해 무기력한 현대적 삶이 묘사되고 있다. 그곳의 삶은 집단적 유대와 종교적 진실이 제거된 지옥의 삶이다. 그곳에서 화자는 자신의 삶의 실체가 결국 '어릿광대'의 그것에 불과하다는 것을 깨닫는다. 엘리엇의 시와 「천일馬화」 사이에는 무기력한 남성의 삶과 그 삶이 상징하는 현대의 불모성이라는 주제가 함께하고 있다. 특히 시인은 늙어가는 남자의 자조적이고 자기모멸적인 독백의 부분에서 그 시의 원전의 일부를 차용한다. 그런데 「천일馬화」와 「프루프록의 연가」를 이어주는 또 다른 요소는 그것들의 어조이다. 엘리엇은 서정적인 내적 독백 사이에 비아냥의 어조를 끼워놓는다. 극적인 내적 독백과 풍자적인 어법의 병치와 그로부터 발생하는 긴장감은 「천일馬화」와 「프루프록의 연가」가 만나는 미학적 계기이면서 유하 시의 형식적 현대성의 핵심적인 양상이다.

이토록 많은 사람을 욕망이 파멸시켰으리라 나는 생각지 못했다

끝없이 돌고 도는 원형 트랙, 내 마음의 변마는 변마답게 진짜 斜行을 하고 싶어요

나는 가끔, 무한의 우주 공간 속으로 영영 사라져버린 보이저 1호를 생각한답니다

"서두르세요, 창구를 닫을 시간입니다"

마지막 경주, 불모지(33전 0/3)란 말을 놓고 한 구멍 박아버려요

"서두르세요, 닫을 시간입니다"

박 터진 당신, 義齒 값은 만들어야잖아요. 왜 이리 밀어, 이 씨발년이, 일단 찍어, 찍어, 찍으라잖아, 원래 막판은 이래요, 모두들 뚜껑이 열려 있거든요

"서두르세요, 닫을 시간입니다"

—「천일馬화—The Waste Land」 부분

시인은 다시 '천일馬화'의 이야기에 「황무지」를 겹쳐놓는다. 「황무지」의 다성성(多聲性)과 이미지와 이미지들을 병치시키는 콜라주의 기법과 언술의 다채로운 속도감들은 「천일馬화」 연작의 열린 장르적 성격과 만난다. 물론 주제의식의 공유도 있다. 「황무지」에서의 정신의 불모성과 무의미한 일상 생활과 성, 재생이 없는 죽음 등의 주제들은 경마장이라는 공간을 매개로 표현되는 현대적 삶의 황폐함과 만난다.

특히 흥미로운 것은 위의 인용에서 보이는 것처럼 「황무

지」 2부의 '체스 놀이' 편에 나오는 대사들을 차용하는 대목이다. 「황무지」에서 이 부분은 체스 놀이 하는 유한 부인과 그의 남자가 기다리는 노크 소리가, 술집 바텐더가 문 닫을 시간을 알리기 위해 카운터를 치는 노크로 전환되는 장면이다. 이 장면 전환에서 주인공은 하류층의 인물로 바뀌어진다. 유하는 이것을 마지막 경주를 앞두고 마권 발매 창구를 닫는 시간을 알리는 상황으로 바꾸어놓는다. 그 마지막 경주에 출전하는 말의 이름 역시 "황무지"이다. 이 장면에 등장하는 사내들의 거친 말투는 "막판"의 상황에 처한 인간들의 처절한 악다구니를 보여준다. 여기서 이 시의 어조는 앞의 서정적인 어조로부터 완전히 뒤바뀐다. 갑자기 등장하는 "의치(義齒)"에 관한 이야기 역시 「황무지」의 이 장면에 등장하는 "이 해 박으라고 준 돈"의 이야기와 연관되어 있지만, 「황무지」와 연관시키지 않는다 해도 해석은 풍요로울 수 있다. "의치 값"마저 날려버린 "막판"이라는 막다른 상황의 절박함이 두드러지기 때문이다. 「천일馬화」 연작의 이러한 특성은 단지 경마장 이야기라는 소재적인 측면에서가 아니라, 다중의 화자에 의한 어조의 연극적 다성성과 진술과 이미지의 병치라는 구조적 특징에 대한 이해를 요구한다. 이런 측면에서 「천일馬화」 연작은, 욕망의 고현학이라는 의미 못지않게, 그 기법의 열린 연극성이라는 측면에서 새로운 시적 현대성의 가능성에 육박한다. 그럼 이제는 단일한 서정적 목소리로 노래하는 유하의 다른 시편들을 살펴보자.

나 폐허의 콜로세움 안에서, 화신극장에 앉아 있는 나를 보

앉네

화신극장은 내 마음속에 끈질기게 살고 있네

살아서 그토록 낡은 삶의 형식에 대해 말하고 있네

하지만 까까머리 아이는 지금도 들창코 미녀의 미소에 붙들려 있어

끝내 극장의 어둠 속을 벗어나지 못할 거네

스크린의 환영이, 살아 함성으로 번성하는 콜로세움을 빚어냈듯

무너진 화신극장이 현실의 나를 상영하고 있네

왜 태어나는 아이는 그리 슬피 울고

죽은 육체를 빠져나간 영혼은 너무도 편안하게 웃고 있는가

운명은 어쩔 수 없으므로

지금 이 순간 꽃향기에 몸 전체로 붙들려 있는 것을

그래, 누구도 살아서 이 극장의 어둠을 벗어나진 못할 것이네

—「로마 콜로세움 속의 화신극장」 부분

유하의 여행시편들은 새롭고 신기한 것에 대한 발견의 기록이 아니라 추억과 성찰의 진술이다. 화자인 여행자는 지금 로마의 콜로세움에 있다. 거기서 그가 만나는 것은 콜로세움 그 자체가 아니라 "할리우드 시대극 쿼바디스"이다. 그 할리우드 영화는 화자를 "70년대의 찌린내와 함께 종로 화신극장에 앉아 있"게 한다. 그 극장에는 "데미트리아스의 들창코 미녀 수잔 헤이워드에 넋잃던/까까머리 아이 모습 위로 서른 중반을 넘긴/어정쩡한 몰골의 사내가 동시 상영되고 있"다. 페허의 콜로세움 안에서 화자가 본

것은 이렇게 "화신극장에 앉아 있는 나"의 기억이다. 타자들의 유적에서 화자는 식민화된 주체의 기억을 떠올린다. 화신극장의 스크린의 환영과 콜로세움의 원형 경기장은 스펙터클에 대한 인간의 욕망 위에 건설된 것이다. 화자의 시적 성찰은 할리우드 제국의 환영에 사로잡힌 한 시절에 대한 추상(追想)과 만난다. 그 추상은 물론 지나간 한 시절에 관한 것이지만, 그 안에는 극장의 환영에서 헤어나오지 못하는 자기 실존에 대한 반성적 성찰이 동반된다. "무너진 화신극장이 현실의 나를 상영하고 있네"라는 날카로운 표현에서 드러나는 것처럼, 화자는 그 환영들이 현실을 있게 했으며, 그것이 현실의 일부였다는 것을 깨닫는다. 생이 그 환영들을 통해 자기 운명을 만들어갔다는 것을.

> 나를 움직이는 것은 기계가 아니라 인간이다
> 인간의 중심이 아니라 인간의 아웃사이더이다
> 아웃사이더의 서정이다
> 숲으로 난 샛길을 사랑하는 산책가의 몸이다
> 산책가는 누구를 추월하지 않는다
> 그러므로 나는 추억보다 느리게 간다
> 나를 무수히 추월해간 지상의 탈것들이여
> 어쩌면 목적지란 시간의 종말 아닌가
> 나의 시간은 무한한 곡선,
> 은륜의 텅 빈 내부로 물이 고이듯 시간이 머문다
>
> —「나는 추억보다 느리게 간다」 부분

유하의 서정시편들은 현실에 관한 반성적 질문법을 내

장한다. '자전거의 노래를 들어라' 연작들에서 볼 수 있는 것 역시 서정적 목소리를 반성적 성찰과 매개시키는 특유의 화법이다. 그 화법 안에는 회한이 묻어 있는 고백과 명상적인 잠언이 교차된다. 이 시에는 「천일馬화」 연작의 말들의 질주와는 반대편에 위치하는 산책과 명상의 시간이 흐른다. 자전거를 타는 자의 "아웃사이더의 서정"과 "산책가의 몸"은 기계적 동력과 속도가 지배하는 세계에 대한 비판의 문맥 위에 서 있다. "은륜의 텅 빈 내부"를 흐르는 "무한한 곡선"의 시간은 종말의 목적지를 향해 달리는 직선적 시간과 대비되며, 이는 탈근대적인 동양적인 사유와 연관된다. 시인은 그 자전거의 시간 안에서 목표와 속도로부터 자유로운 "길의 선지자"로서의 시인의 이미지를 조명한다. 그 선지자가 노래하는 가장 아름다운 이미지 중의 하나는 다음과 같다.

> 그대는 무진장한 물의 몸이면서
> 저렇듯 그대에 대한 목마름으로 몸부림을 치듯
> 나도 나를 끝없이 목말라한다
> 그리하여 우리는
> 한시도 벼랑 끝에 서지 않은 적이 없었다
>
> —「폭포」 전문

유하의 시에는 압축과 혼돈의 코드가 동거한다. 그는 침묵과 수다의 언어를 모두 사용할 줄 아는 시인이다. 그의 시에서 키치적 상상력이 발동시키는 현란한 말놀이와 삶에 대한 깊은 서정적 침묵을 함께 만날 수 있다는 것은 우리의 행복이다. 이 시에서 "무진장한 물의 몸"은 스스로에 대한 목마름으로 벼랑에서 추락한다. 이 실존적 갈증은 근원적으로 존재의 자기 모순에 속한다.

유하는 시 「천일馬화——1800M 1군 핸디캡 연령 오픈 일반 경주 발주 10분 전 경마 예상가 金馬氏를 만나다」에서 시적 화자의 입을 빌려 "이제 문학도 막판 경주 같지 않아요? 밑천은 떨어져가고 루머는 번성합니다. 뚜껑은 열리고 엉뚱한 말들이 배당판을 움직이고 있어요"라고 말한다. 이 말은 나에게는 각별한 안타까움으로 다가온다. 새로운 문화적 전위의 전망 위에서 문학적 위반을 꿈꾸었던 90년대 문학의 불온성은 이제 냉소의 대상이 된 것처럼 보인다. 시장의 지표가 문학성을 대신하고 루머와 스캔들이 문학적 담론으로 행세하는 사태 앞에 우리는 직면해 있다. 이 사태는 90년대 문학의 성과들에 대한 자기 모멸적인 부정과 관련되어 있다. 1990년대적인 의미에서의 전위의 한 상징이었던 유하의 새 시집은 이런 맥락에서 저 지리멸렬하고 어처구니없는 소음들을 걷어내는 시적 소음이 될 수 있겠다. 우리는 문학 안으로부터의 창조적 소음을 듣고 싶다.

그의 많은 선배 시인들이 그러했던 것과는 달리 유하는, 풍자에서 해탈로 혹은 치욕으로부터 자기 연민으로 나아가지 않고, 자기 시의 불온성에 새로운 호흡을 부여해왔다. 그는 풍자를 포기하는 것 대신에 풍자와 서정이 함께 갈 수 있는 미학적 모색을 계속했다. 그의 시는 풍자를 통해 죽음의 현실과 산문의 세계에 접근하며, 맑은 서정성을 통해 사랑의 공간으로 귀환한다. 풍자가 현실의 낙후성과 부정성에 대한 비판적 인식의 소산이라면, 서정성은 존재의 자기 모순을 껴안는 사랑의 문법이다. 이런 이유로 그의 풍자는 냉소의 차원이 되지 않는 창조적 파괴에 이르며, 그의 서정은 상투적인 감상성을 비껴가는 역동적인 욕망의 드라마를 품게 된다. 그리하여 그는 풍자를 통해 풍자를 바꾸어가고, 서정성을 통해 서정성을 지워나가며, 욕망을 통해 욕망을 해방한다. 그래서 유하는 말〔馬〕달리고, 말〔言〕달린다. 그것은 이미 변방에 몰린 시를, 그 '변방성의 극점'에서, 죽음의 질서를 전복하는 불온한 사랑의 동력으로 만드는 마술이다.

시는 변방으로 귀양 가버린 노래, 그리고 그 변방 중의 변방에 있는
나의 말을 나는 사랑한다 이는 결코 자기 위안이 아니니다
이제 시의 운명은 그 邊方性의 극점에서 완성될 수 있는 것이므로
—「천변 풍경」 부분 ▨